下北沢について

吉本ばなな

幻冬舎文庫

下北沢について

目次

導かれて

よくよく考えてみると、下北沢に住みたいと思ったのには、ふたつのきっかけがあった。忘れてしまっていたくらいに遠く小さなきっかけだ。

実際に住もうかと思ったときには、全く思い出しもしなかったくらいの。

でも、そのふたつのエピソードは私の心の奥深くにそっと沈んでいて、現実化する瞬間を待っていたに違いないと、今となっては思うのだ。

中学三年生のときの私は地元の仲のいい友だちといっしょに都立の高校に行きたかった。遊んでばかりいてまるで勉強していなかったので、私立に受かるための勉強なんて少しもしなかった。

電車で学校に通うのもめんどうくさいから絶対にいやだった。

私には立派な愛車の「チャリンコ」があり、それで通える範囲外に学校があるなんてありえないと思っていた。

そういうことを親に順序だててちゃんと言える子どもだったらよかったんだけれど、当時の私は親の言うことにああだこうだ意見するくらいなら、それで親をがっかりさせるくらいだったら、黙って受けて落ちたほうがいいと思うような弱気な少女だった。

今となっては、親に悪かったな、安くはない受験料ももったいなかったなと思う。そういうことは、後になるとわかるものなのだ。

両親は、特に母は私のあまりの勉強しなさに動揺して、今ならまだちょっとだけ学力に余裕がありそうだから、大学に付属している私立でエスカレーター式であればかろうじて大学に行けるとふんだのだと思う。

それは的確な読みだった。

私はほんとうになにも勉強していなかったので、全ての大学に落ちた。そして浪人決定の夜に友だちからもらった願書をだめもとで書いて出してみて、ぎりぎりで間に合ったので受験もできて、そのままなぜか日大芸術学部に受かったのであった。なんで受かったのか今でもよくわからない。

そんな私だって小学生のときは勉強が好きだったし、興味があって学んでいたからなにもしなくても成績がよかった。

しかし、自分にとっての学校というもののあまりの意味のなさにすっかり失望して、学校というシステム自体に参加する気がなくなっていた。その気持ちは今でも全く変わらない。自分が悪いのかと思ってみたりもした。なじんでみるよういろいろな努力もした。その上でやっぱり「私にとっては学校は意味がない」と悟ったので、他の人はどうだか知らないけれど、私にはあの時間はただ座っている苦痛を学ぶためだけのものだった。

あまりに長くがまんしたので、そのトラウマで今も私はじっと座っていられない。体が学校の地獄の時間を思い出してしまってくらくらしてくるのだ。

ちょうど地元の中学校がヤンキーでいっぱいになり荒れていた時代だったから、母は、そのヤンキーたちとの縁もそのまま将来に持ち上がったらどうなってしまうんだろうと思っていたのかもしれない。しかし学校が荒れていてヤンキーたちが派手な動きをしてくれたおかげで、私は目だたずに居眠りしたり読書をしたり、静かに好きなことをしてなんとか授業を乗り切っていたのだった。

町田にあるその私立の学校を受験したその日、特に英語のヒヤリングが全くなにもできなかったのでやっぱり落ちるなと思いながら、帰りに父とふたりで下北沢の南口の商店街を歩いた。

あの受験にまつわるもやもやした、うそをついているような気持ち、一生忘れられない。

試験問題も太刀打《たちう》ちできないくらいむつかしかった。受験のための試験勉強もある程度までは理解して流れに乗っていたが、ある線からいきなり全くわけがわからなくなっていたからだ。

数学は時間がかかってしまい後半二問全く手をつけなかったし、英語は高度なヒヤリングの問題がスピーカーから流れてくる何もかもを宇宙からの放送か？　と思うくらいわからなくてつい笑ってしまった。

きれいな教室で見知らぬ人たちとじっと座って宇宙からの放送を聞いていた思い出だけは、不思議に明るい印象で残っている。

雪がちらほら降っていた。学校の門を入ったところで在校生が寒いのに外に立ってひとりひとりに傘袋を渡して「がんばってくださいね」と言っていた。そのとき私ははじめて「ああ、勉強すればよかった。こんないい感じの高校だとは思わなかった」と少しだけ後悔したが、遅すぎるというか考えてなさすぎる。

そんないろいろな気持ちが未消化なまま、その日の私は下北沢に父と寄ったのだった。

そのとき自分は都立に受かると確信していた。もちろん不安だったが、大丈夫だろうと信じていたし、都立に落ちたらもう滑り止めがない状態については考えてもみなかった。ただやるしかない、そして受かるしかない、そんな切り立った崖《がけ》の上にいるような気持ちもあった。

最終的に私は都立の希望した高校に受かったが、いっしょに発表を見に行った友だちは落ちてしまい、友だちのために泣いたというわけのわからないエピソードも覚えている。私が泣いているので受かって泣いているのだと思った人たちは「やっぱり私立に全部落ちたのがショックだったんじゃ」と言っていたが、そうではなかった。私よりもずっとまじめに勉強していた友だちが落ちて泣いているのを見たら、たまらなくなってしまったのだ。

その日、雪がやんで少し晴れ間が見えてきた夕方の下北沢はきらきらと活気に満ちていて、まだ夕方も早いのになんてにぎやかなところだろうと私は子ども心にも思った。

将来同じ商店街を自分の子どもと毎日通るなんていうことは、当時の私にはありえないどころか想像を絶することだった。私は一生下町を出ないつもりだったし、結婚しても親の家の近所に住むと普通に思っていたから。

でも、流れ流れてそうなったのだ。

そう、私はその何十年もあとに、自分の小さな子どもの手をひいて、父と歩いた道を歩くことになった。縁があるところだから妙に記憶に残っているのか、あるいは記憶に残ったことが縁を作ったのか、わからない。

ただあの午後の強烈な思い出は、受験以上に私に大きな影響を与えたということだけは確かなのだ。

当時の南口商店街は今よりもチェーン店が少なく昔ながらの個人商店や喫茶店が多かった。珍しい雑貨屋がたくさんあって、いちいち立ち止まって眺めたり、かっこいい内装の喫茶店でお茶を飲んだりした。ただそれだけの思い出だったが、そのにぎやかさは明らかに地元谷中銀座のにぎわいとは違っていた。下北沢のにぎわいは若い人が未来を作るためのものであって、地に足の着いた生活の買い物のための大人のにぎわいではなかった。そこにまた若い私はしびれてしまった。

父と下町以外の場所を歩くことも、とても珍しいことだった。

だからだろう、父も旅行しているみたいな気分でちょっと楽しそうだったことを忘れられない。ものすごく歩くのが速い父が、少しのんびりとペースを落として街を散策していた様子は、受験の失敗を忘れさせてしまうような明るいものだった。

父がこの世を去った今となっては、あの日の曇った空や冷たい空気が、そして勉強しないで受験してしまったちょっと後ろめたい気持ちがただただ懐かしい。

あのときは、いつかこんなところに住みたいなとさえ思わなかった。

まだそこまで大人ではなかったのだ。

まわりには中卒で店をついだり、やくざの事務所に就職したり、おじさんの愛人になってえらく羽振りがよかったり、そんな大人っぽい中学生もいたのに、私はまだほんもののジャリだった。

将来は作家になると決めていたが、「好きなところに住む」までには思いが至らなかった。

今、四十八にもなってまだ大学生みたいな気分でいるのも、そのせいかもしれない。全てが遅かったから、まだ遅れているんだろう。あるいはこの仕事はどこかが子どものままでないと続けられない仕事なのかもしれない。


下北沢にはもうひとつ、忘れられない思い出の風景がある。

鎌倉通りを代沢に向かっていく元大きな踏切のあたりだ。

少し前まで一世を風靡《ふうび》したチクテカフェがあったあたり、今だと七草やＮＥＪＩがあるあたり。

二十代の前半に、私はそこを歩いてふっと思った。

あ、この景色を知っている。私はいつかこのへんに住むのかもしれないな……。

その思いは風にまぎれて、そして勢いよくやってきた小田急線の音にかき消されて、記憶には残らなかった。

それでもあのときの空の色だけはよく覚えている。

その日、私は同級生で下北沢に住んでいたともちゃんの家に泊めてもらうことになっていた。駅で待ち合わせをして、今はもうなくなってしまいつつある、当時は全部のお店が開いていてまだ活気があった北口の市場へ行った。市場の裸電球に照らされた店々でなすと鶏肉を買って、ともちゃんはタイカレーを作ってくれると言った。

まだ実家にべったりと暮らしていた私は、珍しい料理であるところのタイカレーを家で簡単に作れるなんていうことも知らなかったし、友だちとおしゃべりしながら晩ご飯の材料を買って帰ってから、それを調理して楽しく食べるなんていうことも夢のまた夢に思えた。

材料を買ってともちゃんの家に向かうときに、私は今はもうないあの踏切に立ったのだ。運命の瞬間とも知らずに。

ともちゃんはお姉さんと住んでいたから、私はともちゃんとともちゃんのお姉さんといっしょに、ともちゃんの作ったおいしいタイカレーを食べた。

そしてともちゃんと夜中まで小さい声でいろんな話をした。

お姉さんはもう社会人だったので、お姉さんが寝ているときは静かにしなくてはいけなかったのだ。その感じがまた大人っぽかった。ＯＬであるお姉さんの大人っぽい服がハンガーにかかっていた。大学生にはなかなか手の届かないヴィトンのバッグやポーチも並んでいた。

大人になるってきっと楽しいこともあるんだろうなあ、とまだまだ子どもだった私はぼんやり思った。

翌朝、朝ご飯を食べてともちゃんの家を出て少し歩いたら、道の真ん中にものすごく背が高いかっこいい男性と、とんでもなくスタイルがいい色っぽい女性が立っていた。ふたりとも全身黒っぽいいでたち、小さい女の子がふたりにまとわりついていて、男性の腕の中にも子どもが抱っこされていた。

なんてかっこいい光景だろう、住宅街にロッカー夫婦、そして子どもたち。

私はほれぼれして眺めていたが、あんまりじろじろ見たせいか、その家族はさっと家に入ってしまった。

「鮎川さんとシーナだ。双子ちゃんがいるんだよね、あの家」

ともちゃんが言った。

私は心底そのかっこよさにしびれて、ロックの人たちは家では普通の感じにしている人が多いが、ほんとうに腹の底までロック魂を生きている人たちはいつなんどき出会ってもロックなんだ！　と思った。

私の住んでいた下町では、あの服装で育児をしていたら近所中の噂になってしまう。下町の人たちは気がいいから、うんとおもしろがってはくれるだろうし受け入れてもくれるだろうけれど、とにかく大げさなことになってしまう。

しかし下北沢の道には彼らが自然にすっとなじんでいた。

それに決してほめられたことではないのかもしれないが、よく観察すると下北沢では昼間からなにをしているのかわからない派手な服装の大人たちがぶらぶらしていた。酒場も夕方からすでににぎわっている。

そのような生活がしたいということではなく、そのような生活がすぐそばにある場所に住んでみたいな、そう思った。その思いはあの踏切で見た広い空に象徴されたまま、心の奥にしまわれたのだろう。

後に下北沢付近に越してきたとき、もう私はすっかり中年で、仕事も忙しく、子ども連れで行くようなところにしか行かない状態になっていた。

子どもの学校があるから早寝早起きで、予定はいつもぎちぎちで隙間《すきま》がなく、きゅうくつな社会人としかいいようがない暮らしを強いられていた。

ふらふらと夜中に飲みに行って朝帰りしたり、はじめての店に飛び込んでカウンターで友だちを作ったり、スナックでカラオケを歌って知らない人と拍手しあったり、悩める友だちに夜中に呼び出されて出ていったり、そんなこともすっかりしなくなっていた。

だから私は下北沢で、実際に思い描いていたような生活はできなかった。

人生のそんな時期はもうすっかり過ぎてしまっていたのだ。

それでも、たまに夜中に子どもと商店街を歩いていくとき、まだ開いている知り合いのお店に子連れでふらりと入って一杯だけ飲むとき、私の心の中にはあの「七〇年代の夢」のようなもののかけらがきらっと光ることがある。

私が大人になってしまったというだけではきっとないのだ。今の時代はみんな隙間を許されていない。だれかが見張っているかのようにふるまい、常に時間に追われているみたいに見える。

もうあの感じを知っている世代は少なくなっているけれど、あの意気込みだけは決して心の中から消さないようにしようと思う。街が夢見ていた頃の、その夢の気配を持ったままで創作していきたい。

歩くことで

私は以前、住所でいうと世田谷区上馬というところに住んでいた。

それはそれはのんきなところだった。

昼間なんて人がほとんど歩いていないし、向かいは高知県のとある会社の寮だったのでお土地柄のせいかなにかと大らかで、カーテンも窓も開けっ放しの人たちが家族で大声で笑ったり夜でもピアノをひいたりしていた。その雰囲気が大好きだった。

近所にはデイケアのセンターがあったので、お年寄りが約束の日でなくてもそこにやってこようと家を抜け出してくるらしく、しょっちゅうそこに関わるお年寄りを保護しておうちに送り届けていた。

階下の大家さんは家族みたいに親切にしてくれるし、家賃は多少高いけど大型犬何匹でも飼い放題、どんなにうるさくしてもいいですよという今どきなかなかない条件で、ついついのんびりしてしまい、十年も住まわせてもらった。

そしてその生活の最後のほうでは、上の階になんと子豚が住んでいた。

夜中に天井に響いてくる子豚のとてとてという足音を聞くのはとても幸せだったし、ある午後飼い主さんに子豚が車の助手席ですやすや寝ているところを見せてもらったときには、この豚肉大好き人間の私がはじめて「もう豚食べるのやめようかな」と真剣に思ったものだ。

子どもができてはじめて、大きなふたつの通りが川のように家の近所を通っていることが気になりはじめた。

そうでないときには、道が大きいって便利だなくらいに思っていたのに。

昼間と夕方は電車で移動している私にとって駒沢大学駅はとても便利だったし、夜中に車やタクシーで帰ってくる場合「目的地は２４６と環七の交差点のすぐそばです」と告げるほどらくちんなことはなかったからだ。

夜中に仕事をしていると、川音のようにかすかにごおーっという音が流れているのがわかった。それは車の流れる川音ではあったけれど、ひとりで仕事をしている中年近い私にとっては安らぎの音であった。都会の営みを描く愛おしい音でもあった。

しかし、子どもができてみると、どこに行くにもその大きな通りを越えなくてはならない生活の規模が自分にとって大きすぎるように思えてきた。赤ちゃんを連れて大きな通りを毎日ベビーカーであるいは抱っこであわてて渡り、スーパーに行く日々。

一見とても便利だし、もともと車で移動することの多い土地の人にはなんでもないことなのだろうけれど、なんでもかんでもすぐそばにあって徒歩か自転車ですんでしまう下町で育った私にとって、持っていた体の感覚にその暮らしが合わなかったのだろう。

産後って体の感覚が獣みたいになる時期だと思う。その獣になった自分はどうも自分が小さい頃からつちかってきた感覚に戻りたくなるみたいだった。

子どもが小さい頃くらいは自分が育ったような商店街のあるところで暮らしたいな……と思った私は、下北沢南口にほど近い代沢のはずれに引っ越すことを決意した。

すぐそばが商店街なわけではなかったが、子どもを連れて歩いていける範囲に商店街があり、そこには基本的に車が入ってこないというのがいちばんよかったところだった。


上馬の家を出るとき、大家さんのおばあちゃんと涙を流して悲しみ合ったことは人生の中でもとても大事な思い出だ。

家を出ます、と言って泣いたことは親に対してもなかったというのに、大家さんを見ていたらこれからの、大家さんのいない人生が心細くて涙が出てしまった。

大家さんはいつも手作りの焼き肉のたれを持ってきてくれたし、うちの子どもを見るたびに心から笑ってあやしてくれたし、今になって思うと、あの頃の私は大家さんに守られていたんだなと思う。

そのマンションはだれでも入ってこれそうななんともてきとうなオートロックシステムにしか守られていなかったのに、一階に大家さんのおじょうさん、二階に大家さんと息子さんたちが住んでいると思うだけで（四階には子豚が　笑）、なんだか大家族の中にいるみたいな安心感があった。

もちろん大家族なりのたいへんさもあった。ご近所さんというものは生活の中でいつもそこにいてきれいごとではないものだから、私たちの大げんかや子どもをどなる声もみんな聞こえていただろうし、大家さんの家には遺伝的に足の不自由な方がおふたりもいらしたので、そんなたいへんな生活の重さも伝わってきた。

それでもそこにはなんていうことのない、昔からあったような家族の営みがあった。

今の大家さんは、たいていの場合自分たちが四階とかペントハウスに住むと思うのだが、その大家さんは自分たちが一階と二階に住むことにして、店子《たなこ》さんにはいいところに住んでもらって相応の値段で貸すんだということに誇りを持っていた。

大家さんがそんな昔型の大家さんであること自体が、私の郷愁を誘った。もはや私の地元にもそんな素朴な考えの人は少ないくらいだからだ。

夕方に家族のために大家さんが作るお料理にはいつもごま油が使われていて、いい匂いが階段から立ち上ってきた。今もごま油で炒め物を作るたびに、あの家にやってくる温かい夜を思い出す。

かけがえのない十年間だった。

この年齢になると、人生の中での十年の重みがずっしりとわかってくる。

大家さんと同じ屋根の下で安らいでいたあの十年間をただありがたく思う。

今の世の中は小さい道にもすぐ車が入ってくるようになった。

新しいうちの前もしっかりと車の抜け道になっていて、いつも車が通っていた。

だからちょっと計算違いではあったのだが、少なくとも小さい道は車だけのためにあるわけではないから、よちよち歩きの子どもを連れて歩くにはちょうどいいサイズではあった。

いつも車の流れる大きな川みたいな道を渡らなくていい生活になり、少しほっとした。

そして私の住んでいるあいだにも、商店街はどんどん変化していった。

生活に関係のある米屋さんや肉屋さんや八百屋さんはたたまれて、チェーン店と飲食店とガールズバーばかりが増えていったし、今もその流れは続いている。

時代の流れならしかたがないと思う。

私だって地方都市に行って着替えがないとすぐユニクロや無印良品を探してはその恩恵をこうむっているし、オオゼキでいっぺんに買い物ができてよかった！　と時間のないときなどほとんどおがみそうなくらいスーパーの文化に感謝している。

それでも、私の心にはいつまでも昭和の時代のお買い物の楽しさが残っている。

おじさん、今日は大根をください、あとみょうがも。トマトのいいのが入ってるよ、はいおつり。おいしい晩ご飯作ってね！　みたいなやりとりをしてからぷらぷら歩く荷物の多い帰り道の幸せを、道に出たらいやでも全員知り合いで今日の様子を見られてしまううっとうしさと気楽さを、これからの時代の人たちはなにか別のものでぜひ得てほしいなと思う。

私は運動神経がなってないので、どうしても小さい子どもを自転車に乗せてさっそうと走ったり買い物をしたりできなかった。子どもを乗せただけでこわくてこわくてなにもできなくなってしまうから、自転車を押して歩いていたくらい。荷物と子どもを積んだあの重いベビーカーの取り回しさえやっとだったというのに、自転車なんて！

よくデパートの出口でさっそうと子どもを片手に抱えてベビーカーを片手でたたみ、さっそうとタクシーに乗っていく人を見ては、ほれぼれしたものであった。私なら、子どもを地べたにいったん置いたあげくに全部で五分以上はかかるであろう……人には向き不向きがあるので、しかたがないです。

なので、とにかくしかたなくたくさん歩くようになった。

子どもといっしょだとどうしてもゆっくり歩くことになるから、すごく退屈だしやたら時間もかかっていらいらしてケンカになったりもするんだけれど、それでもやっぱりいつも見ないようなものをじっくりと見たり、立ち止まって人を眺めたりするようになった。

それは上馬ではできない経験だった。なんといっても昼間人がいない街だったからだ。

下北沢は昼間も人が歩いているし、夜になっても人が絶えることはない。

そのにぎやかさを私は嬉しく思った。やはり下町の出身だからだろう。

今、私の子どもはもう私よりも速く走るし、お菓子を買ってあげたりおこづかいをあげると言うと、重いものを持ってくれたりする。

いつも感動して「よくぞ大きくなった」と思う反面、もう私はあの小さくてふにゃっとした手をひいて、すぐによろよろしてゆっくりなあの速度に合わせて自分もゆっくり歩くことはないんだと切なくなる。

今はもうない踏切の前でいつまでも待って、もう今はほとんど立ち退《の》いてしまった市場の店に行って、店の前の綿菓子の機械でいっしょに綿菓子を作ることもない。

別のお店になってしまったイタリアンバルのダニエラで、いつものように買い物帰りに私は生ビールを一杯、子どもはブラッドオレンジジュースを飲んで、ほろ酔いで手をつないで夕暮れ家に帰ることもできない。

とてもおしゃれできれいでセンスがいいチクテカフェで、子どもが大好きだった野菜たっぷりのシチューを食べることだってないんだ。

そう思うと、いろんなことがあまりにもあっという間に過ぎ去っていってしまったことに愕然《がくぜん》とする。

でも、悲しんでばかりはいられない。

今日一日の会話が、街を歩くことが、人生を創っていくのだから。

ぼやぼやしてはいられない、今は今なんだ、とにかく夢中で今日を描かなくては。

夢中で描いた今日だけが、すばらしい十年を残してくれるんだから。


とにかく下北沢を、歩いてみてほしい。

足がだるくなったらカフェでお茶をして、また歩いてほしい。

どうしようもないくらいたくさんのいろんな人がここで泣いて、笑って、飲んで、吐いて、夢破れて、恋破れて、あるいは幸せを見つけて、同じようにくりかえしこの道を歩いた。足跡はきっとひとつも消えていない。街には透明に重なった幽霊みたいに、面影《おもかげ》という面影がしみついていて、どんなに風景が変わってもまだ気配として満ちているのだ。

それが街の持つ深みであり、悲しみであり、よさでもある。

遠い昔の若い頃、私はそのときの恋人と下北沢の路上で別れたことがある。

恋人には別れたけど忘れられない彼女がいて、そのとき、その彼女の弟と私とどっちを家に泊めるかという段になってなんと彼は彼女の弟を取ったのである。

みなさん、ちょっと聞いてくださいよ、彼女でさえないんですよ！

彼女の弟ですよ！

男に負けたんですよ！

さすがにが〜んとなって、私は別れを決め、静かに自分の住む街へのタクシーを拾ったのだが、あのときの悲しい気持ちを今もおぼえている。

その彼とはそのあともすったもんだいろいろあったが、あの事件が結局決め手だったなという気がする。

君ならきっと許してくれるから、今日は彼女の弟を泊めてやろう、家も彼女の弟のほうが遠いし……今思うとそんなあたりまえの彼の判断なんだけれど、やっぱりそのときの私には受け入れがたかったのだ。

みんなで雑魚寝《ざこね》しようでもいいし、みんなで電車が動くまで飲もうでもよかったのに。

彼女の話を彼女の弟とするのを私に聞かれたくない、その気持ちが悲しかった。

たまに、夜中に駅まで友だちを見送った後など、私は子どもの手をひいて、その場所を通りかかる。

あの恋が死んだ場所は、ちょうど茶沢通りのシェルターのあたり。

昼間もいつだって通っているのに、同じような夜中の時間に通るときだけ、あの夜のことをちょっと思い出して笑顔になる。

あのときの私は、まさか自分がいつかこの街に住むなんて思っていなかった。

子どもを連れて、いっしょにガリガリ君を食べながら、自分の家に向かってそこを歩く日が来るなんて、全くありえないはずだった。

あんなにも悲しくて、目の前が真っ暗で、タクシーの中でしくしく泣いて運転手さんをびびらせ、遠い街まで帰っていったひとりぼっちだったあの日の私に「そのあと結局あなたは別の人と結婚して下北沢に住んで、この場所を子どもと歩くことになるんだよ」って言ってやりたい。

なんてすてきなんだろう、人生は、なんていいものなんだろう。

嬉しかったことが悲しくなる場所もたくさんあるけれど、同じくらいの力で、悲しかったことが嬉しくなる場所もある。なにも固定されていない。生きているかぎり更新され、紡《つむ》がれていく。

この街でまだまだ、その営みを続けていきたい。

そしていろんな人とすれ違ったり、出会ったり、別れたりしたい。

きっと街が見ていてくれる。

本の神様

この間B&Bでのトークショーの帰りに、たまにしか行かないとあるいわしの店（バレバレを超えて、もはや実名よりも悪いかも）に飲みに行った。

　この小冊子をいっしょに作っているメンバーやうちの家族やスタッフなどの身内とで、まだ早いうちから長時間だらっと飲んだ。

　よく考えてみたらこの小冊子を共に作っている人たちと飲みに行くのは初めてだった。それぞれ忙しいし、打ち合わせもいつも十分くらいで終わるし、ふだんはかなりクールな関係である。なかなか会わないから、たまに下北沢内でばったり会うと「ほんとうにここにいるんだ！」と言い合うくらいだ。

　でも、まるで昔からいっしょに飲んでいたような感じでなんの違和感もなかったから、びっくりした。それぞれの人生の初めて聞くエピソードが話題になって初めて「あ、そういえばよく知らない人たちだったんだっけ」と気づくくらいだった。

多分、私たちの上に「本の神様」がいることが共通しているからそういうふうなのだろう。自分がほんとうに困ったときに夢のように解決を描いてくれたことがある、どんなときでもそばにいてくれる、これからはそんな本の神様を知っている仲間を捜すほうがたいへんな時代になるのかもしれない。

でもまるでアングラバンドを聴いている人たちが八〇年代にぐっと濃いいい文化を創ったみたいに、本だってまだまだいけるよ！　と思っているのが私たちみたいな人たちだろう。

それがB&Bみたいな本の宝箱としか言いようがない、足を運ぶのが幸せな実店舗であろうと、ネット上の仮想空間であろうと、ずらっと並ぶ本からなにを選ぼうか悩んだり、どんな出会いがあるだろうかと空想を広げる瞬間の喜びは、私たちから消えはしない。

自分をどこか見知らぬところに連れていってくれる乗り物としての本に、私たちはきっと、ずっと恋しているのである。そして一生片想いで追い続けるのである。

ちなみにちょっと言いにくいことだが、そのいわしの店は自分が注文したいものを頼むのが至難の業《わざ》であるかなり上級の店なのだ（言いにくいわりにはかなりはっきり言ってるけど）。

壁や手元のメニューにはいっぱいの品数が書いてあるのだが、

「なめろうください！」「ポテトサラダください！」

などと言うと、

「なめろうより今日はお刺身がおすすめよ！」「ポテトサラダよりも今日はグリーンサラダのドレッシングがいいんだ」

などとお店の人たちが一歩もゆずらない勢いで、使い果たしたい食材を言い返してくるのである。

あ、これ、あくまでたとえ話ですからね（笑）！

私たちには本の神様以外になんの共通項もない。しかし、本の神様の導きに従ってこれまでおそろしい数の酒場に行っているので、そんなことでは動じないのだった。

「いや、今日はなめろうを食べにここに来たんです」「緑の生野菜がどうしても食べられなくて」

などと笑顔でがんばるのも、飲み屋に行くことのスリルや楽しみのうちなのだ。

そこまで極端な例も珍しいと思うが（笑）、お店によって自分のモードを変えなくてはいけなかったり、少し構えてみたり、自分がほんとうはなにを欲しているかを考えたり、そういうことはやっぱり人生の楽しみのひとつだと思う。

画一的な接客はつまらない、同じような感じのお店にばかり行ったってなにも空気が動かない、自分の中の子どもが退屈してしまう。

そんなことだって本の神様が教えてくれたのだから、ありがたいと思う。


子どもがうんと小さい頃に下北沢に越してきたから、南口商店街を歩くたびにわずかに切ない予感がした。きっとこの期間はこの人生にとって私たち家族にとって、いちばんたいへんであり、でも後でふりかえったら最も幸せな期間なんだろうなと。

それなのに私は産後の肥立ちが悪くいつも左の腰が痛いし貧血だし、高齢出産で体力がないから、やたらに熱を出したり吐いたりする子どもを看病するのに精一杯で、楽しむ余裕などなく、それが哀しかった。もっと元気いっぱいのうちに産んでおけばよかった、この時期を子どもといっしょに遊びながら体力で乗り切れただろうに！

しかし、貴重な時期であったことは確かだった。

思うように動かない体、自分のためには使えない時間、そんな中で、よちよち歩きの子どもにペースを合わせて生きるのは、一生に何度もないすばらしい体験だった。

今はもう十一歳になる私の息子は、夜中にママと道を歩くのが大好きだ。

私が仕事で遅く帰ってきて彼が空腹だったりすると、「ママ、なにか食べに行かないの？」

とやたらに誘ってくる。

そういえばそうだった、私も小さいとき、夜中にお腹《なか》をすかせた父と自転車に二人乗りでラーメンを食べに行くのが最高に楽しかったな、と思い出す。イレギュラーな時間にいつもと違うことが起きると、わくわくする、それが子どもというものだ。

それで、私と息子はそこからはりきっていっしょに居酒屋とか王将に行く。

彼はもう自分でメニューを選べるようになった、それも大きな変化だ。

私はビールを、彼は炭酸飲料を飲んで、おしゃべりしながら夜食を食べ、手をつないで帰る。もちろん人通りの多いところを選んで用心しながら帰るけれど、夜中も三時とかでないかぎりは安全に歩ける日本という国のありがたみを感じながら、思い出を創りながら、歩く。

もう両親がいない私は知っている。これからまもなくしたら、一時的に子どもは親を離れて自分の世界に行く。親が全くいない世界だ。そこでいろいろ体験している間、親には会っていてもあまり会っていないような感じが続くかもしれない。そしてもう一回親と向き合ったとき、親の人生はもう終盤にさしかかっていて、また小さい頃みたいに思い出をだいじに思うようになるのだ。

それさえも、みんなが健康で長く生きられたらというあてどないものに支えられた予測だ。

結局は人生というものの妙を感じながら、今しかない時期をいつも精一杯生きるしかない。

子どもがまだ小さかった頃、近所には八百屋さんが二軒あった。

オオゼキよりも信濃屋よりも近く、さっと買いに行けるのはその二軒だけだった。なにかを買い忘れたとき、忙しくて遠くに行っているひまがないし外食する時間もないとき、私は子どもといっしょに、あるいは子どもに「十分だけお留守番してて」と言って、走ってその二軒に行った。

スーパーのような豊富な品揃《しなぞろ》えではなかったけれど、そこにはお店の人たちの息づかいがあった。

一軒は有名なぜんばさんの八百屋さんで、今は建て替えのためにたたんでいる。また八百屋さんになるのか別のテナントになるのかはわからない。八百屋さんのお兄ちゃんとおばあちゃんは向かいの駄菓子屋さんにいて、八百屋さんの足が不自由なおじいちゃんともともと駄菓子屋さんにいたおばあちゃんはお休みしているから、ああ、一族の中で時間が流れて世代が交代しているところなんだ、とわかることができる。それはもちろん切ないことでもあるが、そのたくましさにふれて勇気をもらえることでもあるから、理想的な形だと思う。

もう一軒は、セブン‐イレブンの向かいのほとんど軒先みたいなイメージの空間でご夫婦がやっていた。なにか買うたびにいろいろ声をかけてくれたり、子どもにゆでたとうもろこしをくれたり、いっしょに細かいおつりを数え合ったり。あまりにも毎日のように接していたから、おじさんが体調を崩されたときには私もがっかりした。お店も開いていたり閉まっていたり不安定になり、ああ、きっともうすぐたたんでしまうんだろうなあというのがわかったからだ。

一度だけ娘さんから Twitter を通して連絡があった。さすがあの感じのいいおふたりの娘さんで、賢く優しい人だった。そのときにはおふたりともお元気そうだったので、ほっとしたものだった。

彼らがいなくなったその場所はほんとうに狭く、寒い日も暑い日もこのほとんど外みたいなところで商売をしていたおふたりを思うと通るたびぐっとくる。いつも明かりがついていて野菜が並んでいた、それだけで町の色が深みを増し、とても広々としたところに感じられていた。あれはただ人の力がそこにあったからだったんだと実感した。

こんなに鮮やかに頭の中に描ける光景なのに、あの八百屋さんのある路地を二度とは見ることができないなんて。

今、ちょっとした足りないものがあるとき、たとえばしそがないとか、果物がなにもないからみかん買ってこようとかいうとき、私はスーパーまで歩いていく。スーパーの数も二軒増えたから前よりも楽なはずだし、ほとんどだれとも接しないでさっと買えるから忙しいときにはいいはず。なのになんだか淋しくてぽかんとしてしまう。こんな短い期間に風景が変わってしまったことに、まだ慣れることができずにいる。

そう思うと、越してきてからもう見ることができなくなったものの数の多さに愕然とする。子どもと私は日曜日だけはずっといっしょにいられたから、朝はゆっくり起きて、昼ご飯から夜にサザエさんが始まるくらいまで、ずっと下北沢を歩き回っていた。その頃あったお店のほとんどが入れ替わってしまった。

いろいろな人と待ち合わせをした南口駅前のスターバックスも、ドトールももうない。階段を上って北口に抜けていった駅だってもう全然違う姿だ。

その頃、近所に大好きな家があった。アロエの大きな鉢が玄関先に置いてあり、大きなゆずの木があって、いっしょうけんめい家を守っている雑種のかわいい犬がいた家だ。まるで昭和の家そのままで、きちんとお母さんが家と庭を守っているのが伝わってくる自営業の大家族のイメージだった。

やがてお母さんが病に倒れ、犬も天国に行ってしまって、家全体がほんの少し暗くなったのを私はずっと見ていた。

この間、長い闘病生活を超えて、そのお母さんも亡くなられたことを聞いて、ほとんど会ったこともない人なのに、深い悲しみを感じた。

あのお母さんが創った風景が私たち母子の散歩道にとって、かけがえのない輝きだったことを思い出したのだ。

私はこうしてその気持ちを、書きとめておくことができる。

エッセイの形でもそうだし、別の形に変えて小説に閉じ込めておくことができる。永遠とは言わない。本の神様を必要としている人たちがいつまでいるかわからないし、その中でも私の存在はほんのはじっこにしかないのだから。

でも、なにも言わずにひたすら生きて働いていた、あの日確かにそこにいた人たちの面影をほんの少しだけでも残すことができるのは、私にとって、この仕事をしている大きな喜びのひとつなのだ。


歳をとればとるほど、同じこの場所にいればいるほど、景色が何重にも重なって見えてくるようになった。もっと歳をとれば、もっと増えていくのだろう。

あの難易度の高いいわしの店（笑）だって、いつまでもあるとはかぎらない。もしもいつかなくなってしまったら、そこを通るたびに、きっと私はあの店の面影を見るだろうし、あの窓で笑い合っていた若き私たちを見つけるだろう。

このような気持ちを、音楽や映画と共に歩んだ歴史の中に見つける人もきっとたくさんいると思う。

でも私の場合は、たいてい本なのだ。

小説とは限らない、そのときに私の胸を震わせたたくさんの本たちが、私の歴史に必ず寄り添っている。本というものがなかったら、この本の元になったミニコミをいっしょに作っていた内沼さんとも大西さんとも舞ちゃんとも出会えなかっただろう。みんな忙しいしお金にもならないのに、ちょっとずつ力を出し合ってとにかく続けたあのような企画は今の時代に逆行していて、まるでお遊びみたいに見える。でも、そういうものを作ることこそが小さな反逆であり、自由であり、私たちがいかにこれまで心の筋肉を余分につけてきたのかを表す大事なことなんだと思う。

大きな会社だったら企画の段階で利益があがらないことがわかり、GOサインが出ないかもしれない。あるいはなんとしても利益を出すために営業の力を使っていろいろなところで売ろうと心くだいたかもしれない。

手作りのものをそのへんで売って、そのへんを歩いている人が買えたらまあそれでいいんじゃないか？　なにになるの？　いや、なににもならない。心の筋肉がもうちょっとつくらいいじゃない？

食べたいものをなかなか頼めない店で、クレームでもなくけんかでもなく、お店の人と楽しくやりあいながら、負けずに笑顔でぐいぐい押すことができるようになるくらいじゃない？

それがなににになるの？　いや、なににもならないし、ときには食べたいものが結局食べられなかったり、疲れちゃったりするかもしれないよ。

でも、それでいいんだと思う。その力こそが人類を救うなにかなのだと思う。

人生の様々な時代

私はこう見えてもあまり後ろをふりかえらないほうだと思う。

忙しいのもあって、常に前進ぎみ。

ただ、仕事がらとにかく頭の中にいろんなことを保存している。真空パックで空気や風の匂《にお》いやそのときの気持ちまでみんなだ。

そこに生えていた木の種類とか出ていた雲がなに雲なのかなどの具体性には常に欠けるので、小説家にはなんとかなれても証人とか映像作家（なんだこのセレクト！）にはなれない。

なによりも人の気持ちの動きを描きたいからこそ、小説なのだろうと思う。

そして小説家って今の世の中ではもはや天然記念物みたい。保護した方がいいんじゃないかという人ばっかりです。

ほんの少しずれただけで全てが変わってしまう、そういうことってたくさんあると思う。

私にとっては、今回の引っ越しがそうだった。

前住んでいたところは、強いていえば川のわきみたいなところだった。

近くに人工ながら川があったのはほんとうだけど、家の前の道を車が深夜まで通っていて、常に気持ちも空間もアクティブな感じがした。

なのであまり深く眠れなかったし、常にどこか神経がぴんとはっていた。それから人の出入りもすごく多かった。

座っているひまもなく、書いていても落ち着かず、いつもなんとなくせかせかしているような場所だった。活気があるという言い方もあるけれど、どちらかというといつもアドレナリンが出ているような、力強くせわしない感じ。

きっと小さい子どもを育てるにはそのほうがよかったのだろう。

昼間はとにかく忙しかったし、子どももやたら熱を出したし、両親もなにかとふせっていたからお見舞いだの実家に会いに行くだので忙しく、仕事は深夜にしていた。

向かいのおばあちゃんは倒れる直前まで私の仕事部屋の向かいの部屋で暮らしていたが、昼夜が全く逆転していて、夜中の三時でもこうこうと明かりがついているのでなんとなく心強かった。ちょうどうちの母も同じような状態にあったから、どういう経過でそうなっていったのかはよくわかった。

「宵っ張り↓朝まで起きる↓昼間ずっと寝ているから眠れない」

がくりかえされて、夜型というよりはもはや徹夜型のお年寄りになるわけです。

そこにボケが入っているから、もうだれにも止められない。

それで午前中病院に行くのがしんどくなって、病院にも行かなくなる、外に出ないからますます自分なりのスケジュールが促進される……という感じ。

ああ、今、お向かいのおばあちゃんもそうなんだなあ。せめて少しでも楽しい気持ちならいいなあ、と私は思いながら、窓の明かりを毎晩眺めていた。

たまにおばあちゃんは夜中の二時に窓をがらっと開けて、あたりまえのように窓辺のプランターに水をやっていた。手を振ってはみたけれど暗がりだから気づいてもらえなかった。

そんなおばあちゃんがある日の深夜に倒れ、救急車が来て、玄関が開かなくてはしご車が出て大騒ぎになり、搬送されて戻ってこなくなってからは、その窓に明かりはつかなくなった。

なによりも淋しかったのはそのプランターに植わっていた草花がどんどん枯れていくのをただ見ているしかできなかったことだ。

おばあちゃんがいたときは生き生きと茂っていたその植物たち。

道をはさんだ向かいの家の二階の窓辺だから勝手に水やりをするわけにもいかない。毎日眺めている目の前で、それらはすっかり枯れていった。

なぜか、終わっていくことの美しさのようなものを私は感じていた。

もうすぐうちの両親にやってきて、いつか私にも来る、減っていくものの哲学みたいなもの。

なんでも茂ってたり元気だったり整っていればいいっていうものじゃない。

そんな感じがした。


うちの母もちょうどその頃かなりいい感じにボケてきていたのだが、あるとき私がベビーシッターさんとうまく行かなくなって大もめして辞めてもらい、その人が母と共通の知り合いだったのでつい電話で泣いてしまったことがある。

私は母にめったに甘えなかったけれど、たまに子どものように甘えてしまうことがあった。人生で三回くらいしかなかったその場面のうちのひとつがそのとき、前の家での深夜の窓辺だったことをよく覚えている。

私はそのとき、おいおい泣きながら、

「お母さん、まだ死なないで、生きてて」と言ったのだった。

母は、ボケているなりにはっとしたのだろう、

「まだまだがんばるわよ、大丈夫よ」

と言った。その声のはっきりした響きもまだ耳に残っている。

母はそれからだんだん寝たきりになって、大好きなお酒もあんまり飲めなくなって（でも死ぬ前の日の明け方まで焼酎水割りを飲んでいたのはあっぱれだと思う。肝臓もバリバリに元気だった。ぜひ見習いたい！）、TVを見て寝ているだけになったのに、そうとう生きていてくれた。きっと約束を守ろうとしてくれたのだろう。なにも楽しいことがないというくらい退屈そうな日々だったのに、ただそこにい続けてくれたことをほんとうにありがたいと思う。

その窓辺で夜なべして仕事していた時代は突然に終わった。

親がぎりぎり生きていて、子どもが小さくて夫婦が一丸となっていて、家に大勢の人が出入りしていた時代だ。

それにはそれの良さがあった。

全てが、下北沢内で前に住んでいた家の思い出だ。大して遠くない場所なのに、もうなにもかもが昔のことみたいだ。

向かいの家の薔薇《ばら》が異様にきれいな紫色にどんどん咲くさまも、斜め向かいの家のつつじがみごとな壁になるようすも、自分の家の庭の小さな梅が咲いて次に小さな桜が咲いてピンクと赤の椿が咲くすてきな順番の光景も、みんなまだまだ鮮やかに胸に焼きついている。

今もあの家の前を通るとたまに想像する。

そのドアを開けたらすぐに、あの頃の暮らしに戻れたらどんなにいいだろう。

まだ小さいうちの子どもや、あの頃のパパになりたての夫や、出入りしていた懐かしいシッターさんの笑顔があったらいいなあ。もう死んでしまった老犬や、今はおじいさんになった猫が若々しく階段の上のはりに座って迎えてくれたら嬉しいなあ、そんなふうに思う。

広いリビングからはいつでもたくさんの木が見えて、田舎の古い別荘にいるみたいだった。

あの薄暗い台所でたくさんのお弁当やごはんを作った。

坂を下りたら、新しい家族ができて引っ越していった舞ちゃんの前の家があって、見上げると窓に明かりがついていて、ああ、舞ちゃん今日もここにいるんだな、と思いながら犬の散歩に行けたらなあ、と思う。

前の家を出たときは好きで出たわけではなく、大家さんのご事情がありしかたなくあわてて出たから、私は前の家に永遠に片想いしているのだ。

もちろんそんな感傷をいつも抱いているわけではない。

いつも今の楽しさを見ているし、新しい場所での面白みを次々発見している。

でもあの頃は戻らない。

手が届くほど近くても、もう決して戻ることはないのだ。

そして私はきっと予感していたんだろう、と思う。

前の家にいるときはいつもどこかしら苦しい感じがした。いつこの暮らしが終わるのか、いつこの家と別れるのか。家が私を好いていてくれたことはよくわかっていた。ちょっと頭がおかしい人みたいな発言だけれど、家が私を引き止めているのがわかった。

だから床をふいていてもいつも悲しかった。

そう遠くなく、ここを離れることになるだろうということが、ひしひしと迫ってきているのを見ないふりしているんだから、それは苦しい。

ああいう事態になったとき、人はどう対処すべきなのか、私には未《いま》だによくわからない。

早々に引き上げるべきなのか、ぐずぐず引き延ばすべきなのか。

向かいのおばあさんがある日の夜中に倒れたように、うちのお父さんが高熱を出して病院にかつぎこまれてもう出られなかったように、ある日うちのお母さんが寝たままこの世を去ったように、急にその日が来ることをどういうふうに思っていればいいのか、それはきっと人類のだれにもわからないことなんだろう。

だから、「悔いなく生きよう」とか「今を生きよう」とかみんな言うんだろう。

せめて私は、深夜にすてきなパジャマを着て窓辺で楽しそうに水やりをしていたあのおばあちゃんの姿を、なんとなく覚えているくらいのことしかできないから、生きている間はそうしようと思う。

そしてなによりも、帰りたいと思うくらい幸せな場所があったことは、いいことだと思うから。

そして、どうでもいいことだが、今の時代は、そうとうなお金の余裕（もちろんありません！　作家なんて全然お金にならない商売なのです）がなかったら、自分で家を建てたとしても、自分の自由にできないようにうまくシステムができているということを、この引っ越しの過程で思い知った。

私の育ってきた時代は、家を建てたらそのあとをどういじろうが自由だったし、そういうものだとみんな思っていたと思う。

私は知り合いのセンスが合う大工さんにウッドデッキ作りと仕切りのぶち抜きをお願いして、いい感じの木枠など創ってもらったのだが、不動産屋さんが家にやってきたときそれを見て、言いたいことがあるんだけどはっきりとは言えないわ〜、という雰囲気になっていたので聞いてみた。

すると、答えが返ってきた。あまり勝手にいじられて前の状態とかけはなれてしまうと、もし施工側の工事上の責任で家が壊れたときのために何年かついている補償の範囲外になってしまい、無償で修理が受けられなくなるから困るという。できれば自分の知り合いの大工さんではなくて、補償の内容に含まれている施工した工務店で直してほしい、ということだ。

私は年寄りだしずる賢いし姑息《こそく》だから、その何年かに地震や火事で家が壊れるかもしれないという状況に合わせて自分の残り少ない生活の快適さを捨てる気持ちにはとてもなれなかった。注文建築ではなく建て売りで全然問題ないし個性も求めないけれど、自由でないというのは困る。なので、好きにやろうと決めていたから、数年の補償に合わせていく気持ちははなから持っていなかった。もちろんなにかが壊れればそれぞれの機器は基本的に元々のところに修理依頼をすると思うけれど、先のことはわからない。

半年後に点検の人たちが来て、はっきりとそのシステムを理解した。

家を作った人たちは、その後しょっちゅう点検に来て、問題があったら修理をする、それをセットにして仕事を作り食べていかざるをえない世の中だっていうこと。

たいへんだなあ、と思うけれど、そのシステムは私になんとなく、あくまでな〜んとなくですが、あることを思い出させた。

それは前に通っていた気功の治療院のことだ。とある宗教の人たちが運営していて、中国から呼ばれた気功の先生以外は受付も他の先生方もみんなその宗教の人たちだった。そして気功と整体の治療院の裏には普通の病院があり、そこもその人たちの経営だった。

　みんないい人だし、むしろ一般の人よりも純粋だし、同じ志があるから仲もよいし、雰囲気は決して悪くなかった。そうか、それに入ればこんなふうに、友だちもできるし向いたことに就職もできるし税理士さんも弁護士さんもお医者さんもいるし、きっと伴侶も見つけられるし、なんていうか、安心な一生のように思えるではないか。

　ちょっとうらやましいくらいだったけれど、私にとってはなんだか息苦しかった。

　先のことなんてほんとうにわからないから、同じ志でいられるかどうか、自分自身さえ保証できない。なんでもアヴァンギャルドに反骨精神で、という意味ではなくって、自分のことさえ当てにならないのに、人生をかけてだれかの考えを信じるなんて、とてもじゃないけどできない。

　安心できる制度があり、ある程度一生守られているけれど、ある一定の決まりを超えたら全部だめになるよ、だからおとなしく同じようにしていてください、という雰囲気は、もちろん今の日本のスタンダードなものである。

　ゆりかごから墓場まで、なんとなくその感じでできている。

　それでいいという人に、目を覚ませ！　なんていう気はさらさらない。その人にとって合理的でしたいことができるのであれば、全然問題はない。

でも、単純に「面白くない」から、私はそこにどうしても入れない。

そういえばいつも入れなかったな、そして入れない人同士で友だちになって、なんとなくうまく知恵で回してきたな。そう思う。私なんてまだまだへなちょこで、もっといろんなことを自分でカスタマイズしている強者《つわもの》をいっぱい知っている。

こういう生き方の人もどんどん減っていくんだろう。だからひっそりと生きていくしかないし、大きな声でなにかを言う気持ちもない。

でも、勝手に足したウッドデッキでビールを飲むとむちゃくちゃ楽しいよとか、うちのお母さんは最後の入院まで「退院したら打ち上げしましょう、ぱーっとね」って言っていたよとか、そういうことは、ずっとちびちびと言っていたいなと思う。

ウルトラマンと仮面ライダー

「2丁目3番地」という名前の、古いおもちゃがたくさん売っているお店のご主人が急に亡くなったと聞いて、私たち家族はほんとうに淋しく思ったし、ショックを受けた。

特に親しくしていたわけでもない。趣味の話題以外だと彼はけっこう偏屈なところもあったし、子どもの関心がゲームに移ってしまった今となっては、フィギュアや昔のアニメのグッズをもう全然求めなくなっていたから、あのお店からも少し遠のいていた。

こうやって自然に離れていくのはしかたないけれど、ご主人はまだまだお若かったから、店はきっとそのままそこでずっと続いていくんだ、と思っていた。

私たち家族がおじいさんおばあさんおじさんへと変貌しても、きっとあのお店は古いままそこにあって、時々懐かしいねと遊びに行って会話をする、そんなイメージを勝手に持っていた。

亡くなる直前まで彼がお店で働いていたと聞いて、なんてみごとな亡くなり方だろうと思った。細かい事情はわからないからほんとうはこんなこと言ってはいけないのかもしれない。

でも、あんなに好きなものたちに囲まれて、しかもお店も最後までたたまず、寝込まずに死ぬなんてすごいと思った。

ある日、奥さまからのメッセージが閉まったシャッターに張り紙してあって、ご主人がそういった趣味のお店の草分けだったことや、好きなことをしていたから幸せだったことなどが書いてあり、私は読みながら涙ぐんでしまった。

あの、何回もくぐった透明なドアはシャッターの向こうに永遠に閉じ込められてしまった。二度とあのお店に入ることはない。それが実感できたからだ。


今現在やっている仮面ライダーや、つい五年ほど前までは毎週のシリーズが続いていた新しいウルトラマンは、すごく小さいときの子どもにとってはちょっとCGが激しすぎたり、現代の風俗がたくさん入りすぎていたり、音楽が華麗すぎたり、あまりにもおもちゃと連動しすぎていたり、ヒーローが多すぎたり、変身がややこしすぎたりして、まだついていけなかったらしい。

今となってはもう、現在放映中のものさえも観ていないくらいに追い越して大人になってしまった私の息子だが、二歳から五歳くらいまで、ほんとうに毎日頭がおかしくなるんじゃないかと思うくらいくりかえし、昔のウルトラマンシリーズと仮面ライダーシリーズを観ていた。

はじめは懐かしくてパパが観だしたものだったが、素朴でわかりやすいから子どもがどんどんはまっていったのだ。

うちの子どもが変なポイントで古い昭和の知識を持っているのもそのせいだと思う。今どき、上で噴水みたいに吹き出しているディスプレイの、オレンジ果汁が全く入っていない、紙コップで売っていたオレンジジュースを知ってる子どもなんて彼しかいないのではないかと思う。

ちょっと細かく表現すると、私はリアルタイムで仮面ライダーはかなり熱心に観ていたが、V3までだった。アマゾンはちょっと違うかな……と離れたクチ。

ウルトラマンに関してはきっちりと楽しみにして観ていたのがA《エース》まで。タロウとかレオのことはほとんど知らないし、それ以降はもうみんな同じに見えちゃう、そういう年代だ。

なので、子どもが中古DVDを集めだしてどんどんアマゾンやタロウに分け入っていったとき、初めてそれらを観た。大人になって観るには内容が子どもっぽく明るすぎたけれど、タロウのおかげでM78星雲の人たちの生活などを初めてかいま見たりして、ちょっと嬉しかった。アマゾンのエスニックなベルトなんてすてきなデザインでちょっと欲しいくらいだ。

そのあとに、ウルトラマンは日本人が出てこなくなったり、仮面ライダーは日芸の映画学科の卒制かと思うくらい暗い世界へと突入していくのだが、そのへんにはついになじみのないままだった。

今でも映画となるとウルトラマンも仮面ライダーも勢揃いになったりして、新旧とりまぜてびっくりするほど大勢出てくるが、個別のストーリー設定にまではなかなか話は至らない。ただ大勢いるなっていうところに留まっている。

だから、私はそのとき、一生でいちばん、子どもの頃よりもずっとたくさんウルトラマンと仮面ライダーを観たと思う。子どもといっしょに、くりかえし、くりかえし。

戦隊ものに行かないでくれてほんとうによかった（なにせ人数が多いから）……と思うくらい過酷な毎日で、なにがなんだかわからないけれど洗脳されてしまいそうだった。

でも、自分が小さい頃に観た怪人や宇宙人をひとつひとつ思い出したり、新しい彼らの知識が増えていったりするのは嬉しかった。子どもは毎日どんどん成長していって、言えなかった言葉を言えるようになったり、意味がわからなかった話を理解するようになる。いっしょに育っているような気分だったし、このまま一生ウルトラマンや仮面ライダーを観続けるのではないだろうか？　とそのときは思っていた。

毎日のように散歩に行き、ウルトラマンと仮面ライダーのガチャガチャをやり、好きな怪獣や宇宙人、ヒーローが当たるといっしょに喜んだ。それからお金があるときはSUNNYという有名なプラモとフィギュアの店に行き、高いものを眺めたり奮発して買ったりした。超合金の仮面ライダーカブトやウルトラマンのアキコ隊員のフィギュアがまだ私の部屋にはしっかりと置いてある。バカですね、ちゃんとつられてますね……！

オムライスはすてきだけれど、子どもが行くにはちょっと高価で、店が狭くてなにか壊してしまいそうだから、荷物が少なくてどうしてもというときだけ行った。

それからそのときはまだ露崎館があったので、あの中にあった古く珍しいおもちゃの店をひとめぐりしては、当時はそこにあって今は移転してコフィア・エクスリブリスになっているミケネコ舎に寄って珈琲やハーブティーやジュースを飲んだ。または、下のレ・リヤンで早い晩ご飯をまるでパリにいるみたいな気持ちでつまんだりした。

そして最後にはいつも2丁目3番地に行った。新しいフィギュアはないけれど、懐かしい掘り出し物がたくさんあった。昔のソフビ人形や、当時のままのおもちゃ。そんなに高い値段でもなく、ごちゃごちゃした中にいろいろな古い宝物がある感じだった。どんなに珍しいものでも、こんなのまだ売っていいの？　というくらいボロボロなものは、ちゃんと安い値段がついていた。

　ご主人はいつもうちの子に言った。

「そのうちゲームに移っていってしまうと思うけど、今この段階で君はちゃんとこれは欲しい、これには興味がないって選べているだろう？　今のうちから好きなものがちゃんと決まっていて選べるっていうことは、ほんとうにいいことなんだよ。きっと君は大きくなっても自分の好きなものをちゃんと選べると思うよ」

　そして何かを買うと、どんなに安いものを買ってもくじ引きで小さいおもちゃを選ばせてくれたり、ていねいに説明してくれたりした。

　今はネット上でほんとうに本格的な、一回も開けられていない新品の懐かしい貴重なおもちゃとか、きれいに整えられた昔のものがたくさん発見できる。2丁目3番地はそういう場所ではなかった。たとえて言うなら、近所のお兄ちゃんの家にたくさんのおもちゃやフィギュアがあって、アメコミからヒーローまで幅は広く、でもみんなお兄ちゃんが一回遊んだかどこかから安価で手に入れてきたものばっかりだから、気楽に触れるし掘り出し物ももちろんある。そこでお兄ちゃんとおしゃべりをしながら、気に入ったものをもらってくる……そんなイメージだった。

　うちの子どもがほんとうにゲーム界に移行して、知人からもらった手つかずの仮面ライダーものがいらなくなったとき、夫と子どもはそれを無料で引き取ってください、と2丁目3番地に持って行った。無料で引き取るわけにはいかないよ、とご主人はちゃんとお金を払ってくれたし、子どもにくじをひかせてくれたそうだ。

道で見かけた以外は、それが彼との関わりの最後だった。

道いっぱいに広がった昔のわけのわからないおもちゃやレコードはもう二度と並べられることはない。

そしてそこになんとなく群がって昔の思い出を楽しそうに話すお客さんたちを見かけることもない。

多分、決して経営はうまくいっていなかったと思う。儲《もう》かるような商売ではないし、ネットが普及してみんななんでも手に入るから、時代の流れも彼にとってあんまりよくなかっただろう。でも、好きなものを好きなように並べて売るというスタイルがだんだん消えていく今日この頃、あのお店はとても懐かしいタイプのお店だった。

今は普通に新しい飲食店がそこに入った。明るくて感じのよいお店だけれど、私にはまだ今もなんとなく2丁目3番地が見える気がする。お店やご主人の幽霊とかそういう気味悪い話ではない。街の風景から、ぽつりぽつりと欠けていくそういう古くからのお店は、残像みたいに瞳の奥に残っているのだ。

私の仮面ライダーはキバくらいで更新をストップし、ウルトラマンはマックスまでだった。多分もう一生更新されないだろう。

私は小さいときにはじめて仮面ライダーを観て本郷猛にしびれた世代だし、ウルトラマンは私にはじめて宇宙人がいるかもしれないという概念を教えてくれた。

大人になって海外のチャネラーだとかサイキックだとかに会って、オリオン星人だとか地球を助けてくれる宇宙人がウォークインして人間に交じって暮らしている話などを聞いても、また、虫の遺伝子が人間に混ざってしまって怪人ができる映画などを観ても、な〜んとも思わなかったのは、ウルトラマンや仮面ライダーのおかげだと思う。むしろそこまで違和感がなかった自分が心配だし、日本人のスピリチュアル度の高さがこわいくらいだ。私たち日本人は、ごく普通に「異形のものや宇宙から来たより知能が高い洗練された人々が、未開の自分たちを手助けしてくれる、そういう愛のある行為がこの世にあるかもしれない」そんな神話みたいなことをずっと受け入れ続けているのだ。すごいよな〜。

私のヒーローはもう更新されなくても、私はきっと一生なんらかの形で、あの日々を忘れないと思う。

下北沢に2丁目3番地があったときのこと。

まだ小さい子どもと毎日そのゴールデンコースをめぐったこと。

夫と子どもと三人で唯一のほんとうに共通の話題がヒーローたちだけだった日々。そんな日々は二度とはめぐってこない。

でもそのようなことはきっと、姿を変えてはまた私の人生にめぐってくるのだろう。

自分が特にそれほど好きでないもの（でも、小さい頃にそこまでがんばって観ていたんだから、普通のお母さんよりはむちゃくちゃ詳しかったと思う）を、相手の速度と目線に合わせてむだなくらいの長時間観たり聞いたり探したりすること。できる範囲でそこに少しお金をかけてあげること。そしてなるべくいっしょに楽しむこと。

今はそれぞれが別の好きなことを同じ家の中でできるようになって、当時の自分の時間がほしくてしかたなかった私だったら「ばんざい！」と言うと思うけれど、そしてこのエッセイの中でくりかえし私はこのことを書いているけれど、とことん相手に合わせてみたり、ゆずってみたり、無為な時間と思われる時間を過ごしてみることでしか、思い出の塊はできないように思う。

今、あの日々を思い出すとあまりにも濃くて美しい塊になっているから、びっくりする。

私が私の好きなことだけをどんなにがんばって追いかけていても、多分こんな塊にはならないだろうと思う。

そしてその塊があるからこそ、今、まだ自分の人生に残されている自分のことをする時間がこんなにもありがたく嬉しいのだろう。

もう子どもが産める年齢ではないし、仕事でもだれかの下につくことはまずない。親が子どもに返っていくのに合わせる時代もすっかり終わってしまった。

でも、毎日の中でちょっとだけ、全部手を開いて、はいはいどうぞ、と言って、相手にゆずってあげることはきっとこれからもできるだろうと思う。おりをみて、家族に友だちに、少しでもそんなふうにしたいと思う。

お金や肉体はそうそう与えられなくっても、時間とか気持ちはそんなふうに気軽にゆずれるといいなと思う。

そうしたら時間は一見減りそうでもどんどん増えていくように思うし、自分は一見すり減りそうでもどんどん豊かになっていく、そんな不思議にまた出会える気がするからだ。

あの日のピリカタント書店

ほんの短い間だけ、まるで夢のように「ピリカタント書店」というお店が下北沢にあった。置いてある本はみんな売っているけれど、その本を座って読むこともできる。おいしい飲み物やお酒、健康に配慮された無国籍でセンスの良いメニューのごはんも出てくる。タイルがはられたきれいなカウンターは座りやすく、いろいろなものがごちゃごちゃしているのになぜか「人の家」感がない。こういうお店は京都などの地方都市にはけっこうあるんだけれど、下北沢にはなかなかない。きっと家賃が高すぎるのだろう。

今はたまにとびらというすてきなお店の定休日に間借りをしてピリカタントは営業しているけれど、のぞくといつも混んでいるからまだ行けていない。それにとびらは大好きなお店だけれど本がないのが惜しい。

私はとにかく本が好きなのだ。

あたりまえのことだけれど、本に囲まれていたら幸せなのだ。

前に海外の断捨離的な本を読んでいたら、ベッドの脇に本が積まれている人は、本が恋人だから恋愛がうまくいかないと書いてあって、笑ってしまった。本が恋人、上等です！と思って。


最近、前から行きたかったやまのはという京都のお店に行った。

二階が美容室で三階がカフェ、ご夫婦でやっている小さいお店だ。そのご夫婦は友だちの友だちで、友だちが困っていたときに力をつくして助けてくれたというすてきな話を聞いて、いつか行きたいなと思っていた。

私は前の日に那須で足をブヨに十カ所も刺され、ぱんぱんに腫《は》れ上がって熱もあったので、ちょっとぼんやりしていた。もともと私の本を読んでくださっていたお店の人たちも私がいきなり行ったのでびっくりしてぼうっとしていて、お互いにちょうど良いぼんやり感だった。

私の子どもは、テーブル席に座り私の京都の友だちにマジックを見せていた。ふたりのきゃっきゃとした声が決して不快でなく音楽のように甘く、その手作りのシンプルな内装のお店に響き渡る中、おいしい珈琲を飲みながら、私はお店の本棚にあった柴田元幸さんの「MONKEY」をみっちりていねいに読んでいた。となりには私の大切なスタッフがいて、足元の小窓から入り口に抜ける気持ちのよい風と、小窓のあたりに置かれている勢いのよい植物たちについて話していた。

その全てが理想の午後を表現していた。

私は京都という遠い場所にいることも、友だちに久しぶりに会ったことも、そのお店に初めて来たことも全部忘れていた。そういうのが旅をしている非日常の時間の中でいちばんすてきな瞬間だと思う。

小さな本棚や窓辺には私の好きな感じの本ばかりが並べられていた。本は恋人だから、どこにいても本さえあれば私は幸せになれる。

「MONKEY」は三号目で、大好きなこわい絵本についての特集だった。海外の出版界や優れた編集者のインタビューも載っていた。出版業界の不況と電子書籍の普及でいろいろなことが変わりつつある今、日本の企業がどんどんお金にたいして保守的になり、ますますアートから離れていく話ばかり周り中から聞き、自分もそれにさらされて鬱屈《うっくつ》していた気持ちだったのが、よい環境でよい内容を読んでいるうちに晴れていった。

「何はデジタルに適していて、何は紙でなくちゃ駄目か、若者はちゃんと見きわめる目を持っている。シティ・ライツはこの三年の売上げは、過去最高なんだよ」

サンフランシスコの有名な書店シティ・ライツのブックバイヤーさんは力強くそう語っていた。

それから私はこんなすてきな雑誌を創る柴田元幸さんの知的な笑顔を思い出していた。日本にもちゃんといる、本を好きで、なにを本に求めているかに関して同じものを見つめている人たちが。下北沢にはB&Bも気流舎もある。七月書房だってある。他にもたくさんいい書店がある。一軒ずつめぐれば店主の脳内がすばらしいアートみたいに、本で表現されているのを見ることができる。きっと本は生き残って私たちを救っていく。

私たちはただ、分断されているだけだし、お互いに仲良くならないように煽《あお》られているだけなのだ。だれから？　それはもちろん、お金が神様で、市民からは効率よく搾取できればいちばんいいと思っている力からだ。その正反対にあるものが、個人の脳の宇宙を存分に表現したカフェや書店や本なのだろう。小さいけれどいちばん怖い芽だということはよくわかる。日本では常に芽になる前に叩き潰《つぶ》されるタイプの自由だ。

そういう大きな流れを司る力を否定する気はない。人生観が違うだけで、彼らにも好きに生きる権利はある。小さくて清潔でアットホームなサービスのホテル（夜帰って来るとホテルの人がみんな寝ちゃってたり、急に水しか出なくなったり、バスタブが狭かったりするけど！）が大好きな私にとってはなんでも決まっていてつまらなくて堅苦しい高級ホテルにだって、これまでやってきた美しい歴史やサービスやメンテナンスのノウハウがあるのと同じ。

問題はバランスだ。うまくこっちの勢力を残してもらわないと、クリエイティビティやアートが消えて人の精神は生きられなくなるから、最後には地球が滅びる。西洋ではかなり長い間なんとかうまく機能してある程度よいバランスに成熟しているが、日本はまだまだひよっこなので、私たちはしかたなく常に戦士でいるしかないのだ。

その雑誌の最後のほうに村上春樹さんが職業としての小説家についての講演録を寄せていらして「オリジナリティーについて」の言葉があった。これまで日本にいて村上さんがあってきた様々なきついことをみんな私も体験してきた。気にしていては小説の命がかわいそうだから気にしないで歩んできたけれど、楽しいとは言いがたいこと。読んでいて私は途中で何回もぐっと涙をこらえた。私たちはふだん会ったりしないし、やりとりもめったにしないけれど、だからこそやっぱり仲間なんだと思った。大先輩だけれど、仲間。ちゃんといる、確かにいる、ひとりぼっちじゃない。そう思えた。

その全てがあのやまのはでのひとときにやってきて、心を動かし、自分の歴史に刻み込まれた。

それが個人でやっているカフェの奇跡なんだと思う。

人にそういうことをもたらしうる空間を創ること。

そんな場所はもはや作品だと思う。

東京には珍しい、ほんとうに個人の脳内を表現しているすてきな作品としてのお店、ピリカタント書店の本棚を初めて見たとき、あまりにも私の本がいっぱいあるので恐縮してしまった。無断でサインを書いたりして（ひどい！）楽しく過ごしたけれど、あのすてきなセレクトの中に入れてもらえて、ただただ恐縮してそして嬉しかった。すてきな場所に置かれている自分の本を見るというのは、作家になって嬉しいことのかなり上のほうに入ると思う。

沖縄の珍しいガラスや、きれいな石けんもいっしょに並んでいた。

店主のゆうさんが作ったおいしいしそのジュースなど飲みながら、自分の本といっしょにあるすばらしい本たちをぱらぱらめくっているだけで幸せだった。どんなに混み合っていても、ゆうさんはあわててない。

もしあんなに人がぎっしりいて、みんながお腹をすかせて晩ごはんを待っていたら、私だったらあたふたしてしまいそうだし、こんな毎日ってつらい！　と思ってしまいそう。でも彼女はあくせくせず淡々とひとつひとつをこなしていく。

さすが十勝の広々した大地が生んだ人だ、と思いながらも、そのあわてなさに美学を感じた。ごはんや飲み物を作る手を決して止めないが、だれがどう待っているかを申し訳なく思いつつも気をつかいすぎず、顔色を見ない。決してこびないし、待たせてもその分ムラのないしっかりしたものを出すのだ、という決心が伝わってくる。

ゆうさんの作るものには独特の強さがある。無骨なまでにまっすぐに前を見て、仕上がりをしっかりイメージしたお皿なのだ。

いつだか、早い時間に行ったら、ゆうさんのイケメンの弟さんとその友だちがなぜかテーブルでメニューにない鍋を食べていた。そのぐつぐついう鍋のようすと、ごめんなさいとカウンターに向かって鍋を撤収していく彼らのすばやさがかわいらしくて、いいお店だなあと思った。そんな雰囲気も含めて、あのお店だった。

あるとき、友だちとピリカタタント書店に行ったら、たまたまマッサージを受けられるイベントの日だった。実は友だちの友だちだったことが後で発覚する、るつ子さんに足のマッサージを受けた。大島出身の彼女の黒く力強く、そしてお母さんとして毎日子どもを扱っている優しい手は、私と友だちの足の疲れを確実に取ってくれた。かわりばんこにマッサージを受けて、待っている間に健康的な酵素のジュースを飲んで、好きな本を選んで読んではうずいて、のんびりした午後の風が吹いていて、お客さんがやってきては去っていって……その中にいつもゆうさんの落ち着いた声が聞こえていて、こういう時間の過ごし方は、別に都会だからできないわけじゃない。たとえ森の中でも気持ちがせかせかしていたら同じなんだよな、と実感した。

私と友だちはその頃ちょっとしたことで少し仲違いしていて、今度はいつ会うかなあ、もしかしたらこれきり気まずくなってしまうのかも、というときだったから、ますます切ない貴重なひとときだった。

そのあと、別の友だちとピリカタント書店に行ったら、その日はイベントではないのでるつ子さんはいなかった。思い出すとあの手が恋しかった。

同じようないい風が吹いていて、同じようにおいしいジュースを飲んで、私はこの前に来たときのことを思った。そのときいっしょにいた友だちもとても優しくておおらかな人だったから、私の心はのびのびと動いた。友だちっていいなあ、別れは淋しいなあ、やっぱり、仲違いはよくないなあ、と素直に思えた。

あんなにうるさい商店街の真ん中で、特にすごく広いスペースでもないのに、私の心はゆっくりものを捉《とら》えられた。

ゆっくり考えること、考えに確かに句読点を打つこと、それはきっと心にとって栄養のようなものに違いない。

あのときピリカタント書店に行かなかったら、私はきっと、その友だちと仲直りしなかったと思う。そのあとその友だちといっしょに食べたたくさんのごはんや旅に出て見た景色も、きっとなくなっていたに違いない。

そう思うと、ゆうさんにありがとうとただ伝えたい。

お茶を飲む時間、ごはんのあとにぼんやりする時間、そんなときに読む本は発見に満ちている。買う前の本ってまだほんとうには自分のものではないから、自分の家ではないところで読む本って少し緊張感があるから、心にしみやすいんだと思う。

大好きな台湾の誠品書店だって、みんな床に座ってまで本を読み込んでいる。あのスペースが丸ごと、きっと本の命を支えているんだろうなと思う。

最後に行った日のこと、なぜか出先の書店前でばったりゆうさんに会った。もうお店がなくなることをゆうさんはひとことも言わなかったけれど、ばったり会ったことこそが、それに相当するなにかだったんだと思う。私は編集さんとの打ち合わせで他の店に行こうか？と話していたんだけれど、ゆうさんにばったり会ったからそのままゆうさんといっしょにピリカタント書店に出勤した。

あの偶然は、お店本体（ゆうさんではなく、本の神様だと思う）から私へのお別れの挨拶《あいさつ》だったと思う。

おいしいお酒を飲んで、ディナーを食べて、たくさんいい打ち合わせをして、家族も合流して、最後の夜を幸せに過ごした。

次に前を通ったらお店はがらんどうで、カウンターだけが静かにそのまま残っていた。そこにはもうなんの命もなかった。完全に死んでいた。どういう事情なのかは聞いていない。でも、きっとお店の命を生かそうとしなかった力があったんだろうなと思う。あれほど確かに生きているものがあることがこわくなって、とにかく殺してしまう、そういう力が現代にはいっぱい満ちている。子どもの持っている力も、アートの力も、日々殺され続けている。その弊害で実際に人間が殺され続けたりもしているんだと思う。

いつか日本人もアートの力にほんとうに気づくといいと思う。成熟していく過程をちゃんとふんで、分断されている仲間たちはたとえ遠くにいても心強く力を合わせて乗り越えられるといいと思う。不可能ではない。

私たちには、疲れた心を癒すそんなすてきなお店が、まだまだたくさんあるんだから。

天使

その頃の私はかなりピンチな状態だったんだと思う。

あまりにも必死にがむしゃらに生きていたのでよくわかっていなかった。でも、あの頃のことを思い出すと胸がぎゅっとなるので、初めてそうだったんだとわかる。

ほんとうにせっぱつまっているとにかく目の前のことをなんとかしなくてはいけないから、人は深く考えなくなるみたいだ。そこで自分を哀れみはじめたら現実が立ちゆかなくなる、そういう試練の時期はだれにでもある。自分でそこを超えられなければ周囲の人や病院のサポートが必要だし、超えられたならくりかえさないようにどう生きるかをプランニングするのもとても大切なことであると思う。

人間は学習できる生き物だし、だれの人生においても必ず何回かそういうたいへんなときがあるからだ。

その頃、私はぎっくり腰をくりかえしては寝込んでいた。腰の痛みに涙しながら眠ることもしょっちゅうだった。

昔からの貧血が高齢出産で悪化していたから免疫力が低下し、子どもが幼稚園からもらってくる風邪もいちいちもらってはまた寝込んでいた。

私の夫は「ロルフィング」という、筋膜に働きかけるボディワークを職業としている。彼にロルフィングをしてもらうとしばらくはなんとかなるのだが、彼も忙しくそうそう私ばかり診ていられない。

しかも私は常に忙しすぎる上に子どもがまだ体調的に安定していない年齢だったので、ひんぱんに看病で徹夜、病院という予定外の予定が入り、自分の仕事も押しに押して、ストレスのあまり飲みにいくと飲み過ぎたりして、とにかくもうぐちゃぐちゃだった。しかも徹夜明けでお弁当を作らなくてはいけない。これは、核家族化社会で仕事をしながら育児をしている現代女性が一度は必ず陥る状態である。西原理恵子先生もかつて同じことになっていたから、すばらしい忠告をくれた。「子どもを送り出したら、とりあえず寝なさい。今はひとりの貴重な時間だから仕事をしてしまおう、なんて思わないで、まず横になりなさい」

ほんとうにその通りだし、でもそれがこわくてできなくなるのがしがない自営業の母というものなんです。

疲れすぎているとなんでもないのに涙が止まらなくなるし、出かけるだけでも大量のエネルギーを必要とするようになる。靴下を選ぶのもいやで泣き出したりする（要するに鬱ですね、でもあまりに忙しいと鬱になっているひまもないので、自分で軽いうちになんとか対応してしまうものなんですね）。

腰が痛くて動けないのに、トイレでパンツをおろすのもやっとなくらいみじめな状態だっていうのに、夫は他の人の体を助けるために出かけていってしまう……ということがとにかく悲しくてしかたなかった。そりゃあ仕事なんだからあたりまえなんだけど、とにかく自分が極限状況にあると、わかっていてもそんな気持ちになってしまうわけだ。

一回転べばもうおしまい、しかも自分の換えはいない。そういうギリギリなタイプの忙しさの中に多かれ少なかれ三十年間どっぷりいたので、そしてそのピークがあの育児のときだったので、私は断言できる。

そういう忙しさを体験していていいのは数年だけ、人生は緩急をつけないと、ほんとうに死ぬよ！

まあ、今はお弁当がなくなった分ちょっと楽だし、仕事も本気で減らしているので、やっと人間の気持ちになってきているからこそそう言えるのだが。

ちょっと休んだり、ただぼーっとしたり、なにもないけどなにをしようかな、というような日が全くなかったり、プライベートでリラックスした時間がなかったり、ひまになるとこわくてなにか仕事をしてしまうような人生ではなんのために生きているのかわからないから、一刻も早く改善に向けて動いたほうがいいと思う。休むときは思い切ってすっからかんに休まないと、脳が立ち直らないし。

まあとにかく急に仕事を減らすわけにいかないときだったので、腰痛と貧血は結局、地道にロルフィングとマッサージの時間をむりやりに取りながら、鍼《はり》と漢方に通ってこつこつと治した。

鍼の先生に「結局私の体調のいちばんの問題点はなんでしょうか？」と何回かたずねたが、先生はいつも「過労ですね」と言う。ええ？　まだまだのんびり休んでいるときもあるのに、そんなばかな、と思っていた自分がどれほど病んでいたかわかる。ほんとうは座るひまもないくらい常に忙しくしていたのに……体が過労だというなら、それは過労なのだ。自分のスケジューリングは自分にしかできない。自分の体がなにをきついと感じ、なになら多少むりできるのか、ふまえた上で予定を組んでいけないと大人とはいえない、なんとかサバイバルしたものの、反省をふまえてそう思う。

とにかく、全く家事と育児に向いていないのろまで不器用な私が四十で子どもを産み、夫も忙しく実家の両親は高齢でサポートは全くなしの状態で育児をしながら、ベビーシッター代とお手伝いさん代と家賃と親の医療費と実家の改築費を稼ぐためにほんとうに血がにじむくらい仕事をしていた、さらにおしめでいっぱいのスーツケースを持って子連れでたとえ金銭面は持ち出しになっても海外出張をしていた（今思うと、なんであそこまでがんばったのかちっともわからない！　きっと子どものいない生活のくせが抜けなかったのだろう。でも思い出がいっぱいできたしスキルも身についたからむだではないと思う）、ほとんど気絶しそうなくらいたいへんで孤独な状態の時期のことである。

ぎっくり腰なので、どうしてもスーパーに行けなかったある日、近所の本屋さんのお兄さんがたまたま来たので、車の運転をしてもらえない？　とお願いした。

いいですよ、と彼はスーパーに連れていってくれた。たくさんの買い物をしてなんとか歩いて駐車場に行くと、彼は淡々と待っていてくれた。

それから、少しずつ彼に運転のバイトを頼むようになった。

彼の本業は近所のワンラブブックスという書店の店長さんだった。

六〇〜七〇年代の不思議な本がいっぱい置いてあるし、店自体彼の部屋なのか店なのかさっぱりわからない雑然とした場所だ（笑）。

でも、妙に居心地がよかった。

彼は偏屈で飽きっぽくてけんかっぱやく、しかしとてつもなく優しく、状況判断にかけては世界一、クレームをつけさせたら相手が参りましたというまで粘れるすごい男だ。

何回か彼の状況判断に命を救われたことがある。

震災のときも、いちはやく私の自宅と事務所をチェックしてくれて、どこの公衆電話が機能しているか、どのガソリンスタンドが空いているかを把握していた。電車が止まってしまい会社に何泊もしなくてはならなかった友だちを迎えに行けたのも彼のおかげだった。

彼はポジショニングを拒むがゆえに、それから彼独自の思想性において、独自のライフスタイルにおいて、だれともくっつけないしだからこそ儲かることもなさそうな人だった。

だからつかず離れずがいいと思って、ずっとなんとなくの形で運転のバイトを頼んだ。

彼といろいろな場所に行った。今はもうない場所、もう会えない人。たくさんの思い出があって、その全部がかけがえのないものだった。

彼の安定した運転で私は信じられないくらいよく寝た。この期間、睡眠はほとんど彼の車の中で取っていたのではないかと思うくらい。

彼の書店は今年でもうなくなる。

下北沢を象徴するお店がまたひとつなくなってしまう。

私の子どもがまだ小さいとき、毎日のように彼の店に寄った。お茶を一杯飲んで、小物をなにか買う。子どもはペンキを塗らせてもらったり、ママと離れて彼と遊びに行ったり、やりたいほうだいだったけれど、そんなふうにさせてくれる近所のお店自体がほんとうに珍しい昨今、すばらしい時代を過ごさせてもらったと思う。

私はいかにも「昔に戻って暮らそうタイプ」だと周囲に思われているが、実は違う。

そこのところはきっと昔ながらの暮らしを望むその彼とは合わないんだと思う。なのに、そこはほんとうに居心地がよかった。まるで巣のようなあの店。

私は、変わるならどんどん変わってしまえ、それでだめになるなら人類がだめだったんだからしかたないと思っているタイプ。ロボット工学とかバイオとかそういうものが、自然を破壊しない、地球と人間を健康に保つ方向に役立つのなら科学はどんどん進歩するといいと思う。

環境破壊は大問題だから、人類の知恵を尽くして解決すべきだと思うし、原発も時間をかけてなくすべきだと思っているけれど、昔に戻ろうとはやっぱり思わない。

ただ、ノスタルジーだけはあふれるほど持っている。

昔姉が京都に住んでいた頃によくあったみたいな、なんとなく木でできていて本があってごちゃごちゃしていてなにをしてるのかわからないお店。お茶が飲めて本も読めるし悩みも相談できるし、音楽も聴けるし楽器もあるし、ときにはたき火して芋《いも》など焼いていて、子どもがいつでも立ち寄れる、そんな場所が街に何軒かあった頃、生きることはもっとらくちんだったのだ。

そういうお店が企業の力なしに存在すること自体がすでにむつかしくなってきている。

企業の力が入ると、すてきさの規模は大きくなる。だから私はそういうお店も大好きだ。

でも、店という名ではあっても個人の巣の中に入っていくあの気持ち……あの自由と狭さとある種の気味悪さ。

そういうものはもう戻ってこないだろう。そう思う。

懐かしいあの店たちの汚さ、ほこりっぽさ、居心地の悪さ。

なんでこれがここにあるのか？　ということに対して答えがない、ものの置き方。

そういうものはもうきっとこの世からなくなってしまうんだろう。

さようなら、私の生きた時代。切なくそう思う。

生きているから、変わっていくところをなるべく楽しく見ていってやる！　と思う。

ただ、私の時代の気骨だけは忘れずに若い人たちに伝えていきたい。

あまりにも長い時間をいっしょに過ごしたから、彼のいろんなことを知っている。仕事で関わった分、たぶん彼の歴代彼女たちよりもその欠点や美点については知ってるのではないだろうか。

彼の惜しみなく人を紹介してくれるところや大雪の中チェーンもはかずになんとか乗り切る卓越した運転の力、クレーマーをのらりくらりとかわす天下一品の技などを私は生涯忘れないと思う。

彼が店をやりながら運転バイトをしてくれたこの期間に私は両親を亡くし、親友のひとりを亡くした。

姉が病気で手術し、両親も入院、自分がインフルエンザを二回やって耳を中耳炎にやられ、いろんな病院にいっぺんに通ったとき、彼がいなかったらと思うとぞっとする。

父のお見舞いに行き、同じ病院の二棟離れた母のお見舞いに行き、ラーメンかそばをなんとか食べて、また違う場所にある姉の病院に行き、それから自分の内科と耳鼻科に行くなんていう忙しくつらい一日はざらだった。それ以外の時間はみんな寝込んでいたので、彼が運転してくれたからこそなんとかなったのだ。

父がもう回復しないとわかっていたお見舞いのとき、病室を出たらいつも涙目だった私は、病院の玄関で待つ彼の姿にどれだけ救われただろう。

それから事態はどんどん展開していき、父が死んだとき空港に迎えに来てくれたのも彼、実家に運んでくれたのも彼だ。そのあとお通夜や葬式で行ったり来たりしながら、出張で行ったイギリスで運転してくれたのも彼。親友が伊豆の病院に入院し、最後に会いにいけたのも彼のロングドライブのおかげ。母が急に死んだ日に急いで車を出してくれたのも彼だし、母のお葬式でも運転してくれた。

その間、彼の恋人のお父さんも亡くなったのに、ほんとうに申し訳ないと思いながらも、私はヨレヨレのまま彼に運転をお願いし続けた。

この人は死ぬ、もうすぐ会えなくなる、だから最後かもしれないな……そういう思いで病室のその人のベッドを後にするとき、目の前が暗くなるのはほんとうだ。世界はなにも変わりなく営まれていて、自分だけが別の流れの中にいるようなあの感じ。

あんなに悲しくて、全てが信じられないくらいにグレーに沈むいろいろな思い出の中、いつでも彼の運転する緑色の車が待っていてくれた。それが目に入ったときの安心感と、車のわきに立っている彼の細い立ち姿が唯一、はっきりした光景として私の中に残っている。

これはもう、感謝とかそういう言葉では表せない深い感情だ。

彼のお店がなくなり、彼はどこへ行くのか、まだわからない。

これからもたまに運転してくれたりするのか、遠くに引っ越して会えなくなるのか。

いずれにしてもひとつの時代は、彼の店が終わるときに終わってしまうのだ。

このあいだ養老孟司先生の本を読んでいたら、なぜ人を殺してはいけないかの問いに彼は「生命はとても複雑なシステムで動いているから、いちど壊したら不可逆なもの、もう二度と戻らないものだから」というようなことを答えていらした。

ほんとうにそうなのだと思う。

私は、世界が彼のお店のような、時間をかけて創られていった場所をなくしてしまう方向に流れたことを悲しく思う。いつかまた流れは戻ってくるかもしれないが、あのお店はもう戻ってこない。

何を得て何をなくしたのかだけには、自覚的でいたい。

そして私は、彼はきっと、この期間の私に神のようなものがつかわした天使なのだと思っている。

「一度でもだれかの天使になった人は、きっと幸せになる」そう信じている。

ありがとうだけの関係

わけあって、また引っ越しをした。下北沢から一駅のところに。

だからまだまだいちばん近い都会（都会なのかなあ？）は下北沢だ。

人生最後の引っ越しになると感じているので、いろいろなことが感慨深い。

もしかしたらここで私は死ぬのかもしれないという気持ち。

今いっしょにいる動物たちもここで死ぬのだろうという切ない気持ち。

こんな気持ちでどこかに住んだのは初めてで、だからこそきっとほんとうにそうなるんだろうという予感がする。

ここをベースにして、私はあちこちに行き、そしてここに戻ってくるのだろう。

この家に初めて入ったとき、昔から夢の中で見てきた家はここだ、という確信があった。

その確信のままに引っ越してきた。流れにすいっと乗って、お金や時間、いろいろな無理がなんとかなってしまった。私の中には子どもの私が住んでいて、まだ新しいうちに少しだけなじめなくて淋しい、と膝《ひざ》を抱えている。でも今回は、前回の引っ越しで大ゴネした動物たちもすぐになじんだし、スケジュールもみんな自然に流れた。引っ越しもたいへんではあったが前回のように流れに乗っていない状態ではなかったので、ダメージは最小限だった。引っ越しの手伝いに来てくれたいっちゃんと雅子さんは、思いやりを持って私のだいじなものたちをそっと運んで並べてくれた。

昔なじみの大工さんや植木屋さんも最良の仕事をしてくれた。

真冬なのに労をいとわず、彼らはまるで自分の家のことみたいに、家の形や植物をだいじにだいじに扱ってくれた。それを思うと今でも涙が出そうになる。

今回も、銀行、不動産関係でたくさんの珍しい経験をした。とても楽しい、幸せなこともたくさんあった。

現場監督の「コーヒーの差し入れありがとうございました。おいしかったです」のメモに微笑んだり、設計をしてくれた人の幼い頃の話を聞いて家を大切にしたいとしみじみ思ったり、新しい家の不動産屋さんが賢い上に面白い人だから、いつになく家族そろって大ファンになったりした。

数年の違いでまた不動産を取り巻くいろいろな状況は変わっていた。

まあとりあえず、賃貸でも購入でも、どんなに注意深くあろうと必ず個人が損をするようにできている。それはしかたないことだ。個人は常に弱いものだから。

商売は総ちょっぴり詐欺になってしまったこの時代、小さな字で違約について書いてあるのなんてまだ良心的なほう。

例えば、私が売る前の家には「住まいの瑕疵《かし》保険10年」というようなものがついていて、その名義を途中で書き換えるときのために「転売特約」というのもくっついていた。

瑕疵保険とは、雨漏りとか、腐食とか、明らかに建てたほうの責任で問題が生じた場合、不動産屋さんを通して保険法人が修理のお金を出してくれるというシステムだ。

しかし蓋《ふた》をあけて見れば、もしハウスメーカーとか不動産屋がごねたら名義は書き換えられないことになっていて、転売特約には法的な強制力は実はない……ということについては全く聞いていなかった。

売るときは「転売特約がついていますからいつでも転売できますし、保障も受けられます、大丈夫、長いおつきあいよろしくお願いします」と言っておきながら、お金を取った後は「それはできないんですよね、最近はハウスメーカーさんも名義の書き換えには応じていませんし……むにゃむにゃ」とごまかされてしまう。

たまたま近所だからよかったけれど、私がもし遠くや国外に引っ越していても、なにかあったとき名義人の私が飛んできて、立ち合ったりリフォーム会社を手配しなくてはいけない。そんな保証のどこが十年保証なのか、さっぱりわからない。

契約したのはあんただから、あんたが最後までやりな、こっちは後のことは知らないよ、でも点検とかこっちが得そうなことはすっとんでいってずっとやるよ……そんな詐欺まがいの方法で、今日もあの人たちはいい顔をしながら土地を売っているのだろう。もちろんその不動産屋さんだけではない。大手のハウスメーカーもそういう対応をしていると聞いた。つまりそういううっすら詐欺がスタンダードになっているわけだ。

きちんと住める家を建てて、喜んでくれる人に売って、もしその人が売ってしまっても自分の建てた家だから引き継いで長くつきあって面倒を見る、そういう時代はもうとっくに遠くなってしまった。今のところみんな従順にそれにうなずいてくれる良い人ばかりでよかったね、っていう感じがする。私のような歳のものは首をかしげるばかりだ。昔はよかったという話ではない。今のほうがいいことはたくさんある。ただ、このシステムが長く続くと思ったら大間違いという気はする。人間が人間であるかぎりは、原発問題と同じで人間をなめているほうがいつか破綻《はたん》するだろう。

前にも少し書いたことだが、「人間が人間を人間として」扱わなければ、いつかなにかが爆発する。

保守点検とあら探し稼ぎがほとんどイコールになっていて、嫌われながらなんとかお金を得ている下請けの人たち。手は汚さずそこからあこぎに吸い上げる企業たち。

例えば、一日にどんだけつけるんだ？　というくらい予定をつめこんでエアコンをつけたり家具を組み立て設置する下請け会社の現場の人たち。もしミスをしたら給料から天引きだから、へとへとになっても絶対にミスをせずに次の現場に行くしかない。

今は銀行の人が八十五歳の人に十年の積み立て定期預金を勧める、そんな時代なのだ。銀行や保険の営業の人が、お年寄りから預金を契約で吸い上げるために一人暮らしのお年寄りを訪問し続ける国なのだ。いいことをしている気持ちで、お金を出させて、入院してもなにか該当しない部分があればお金は払わない。

ここは広大に土地があるアメリカとは違う。同じやり方ではむりがある。でも、日本以外の国々でだまされる場合、日本人よりも無慈悲だけれど気持ちはもう少しシンプル、そういう気がします。

日本人のいいところは、たまに現場に全てを超越するできる人がいることで、そういう人は末端から世界を変えていける人たちでもある。だから希望が持てる。

「みんなやってるし、食べていかなくちゃいけないから、深くは考えない」それも大間違いだ。なぜなら、私たちは、常に、どんなときも、昔から変わらずに「人間」を相手に仕事を

している からだ。

人間が、できれば幸せになりたい、安心したい、誠実な人と快い関係で過ごしたい、その望みが古今東西変わらないかぎり、因果応報は大原則としてそこにある。曲げられない宇宙の法則なのだ。

階段を見ると、いつも生前の母を思い出す。

歩けなくなってから実家の階段に電動のリフトをつけた。

母は一階の客間でごはんを食べ、座っているのに疲れてくるといつもそのリフトに乗って、二階の自分の部屋に上がっていった。

安全のために鳴る「リフトが動いていますよ」という音楽と共に、母は笑顔で手を振りながら私たちに「じゃあね〜」と言った。

まるで舞台を去るアイドルのような笑顔だった。

神経質だった母がいつもあのような笑顔でいられない人生だったことをとても残念に思うし、最後に少しボケてからはいつも笑顔だったことを神様の贈り物だと思う。やっぱり人間は少しくらいゆるい方が幸せだと思うな。

さて、引っ越してすぐ、私は新しい家の階段から転げ落ちた。

毎日の肉体労働でへとへとに疲れていたのもあるし、気が抜けていたのもあるし、これから空港に行かなくてはと思ってあわてていたのもある。

とにかく、びっくりするほど勢い良く落ちて、階段で尾てい骨を強打し、鏡で見たらお尻が四つに割れていてまたまた驚いた（笑）！

あまりの痛さに泣いていたら犬が寄ってきてなめてくれたのは嬉しかったけれど、とにかく座るのも立つのもできなくて、ほんとうになにをしていても頭の中は「痛い……」だけだった。

でもなんとか歩けるから、そのまま北海道に行って、飛行機の着陸では悲鳴をあげ、ホテルでは熱を出して寝込んで、外はすごい雪で荒れていたり凍っているし、ものすごく憂鬱な気持ちだったけれど、約束していたマジックスパイス札幌本店に行った。

下北沢にもお店がある、スープカレー屋さんの本店だ。

マジックスパイスのマスターの下村さんは、タイで誘拐《ゆうかい》されたりサイキックだったり、数奇な運命をたどって、スパイスカレーで人に健康をあげたいという使命にたどりついたものすごいツワモノだ。お店の中の売店の混沌《こんとん》とした輝きそのままに、彼の世界はとても美しく複雑なのだろう。

彼のことは一冊の本を読んだだけで思想的に詳しくは知らないけれど、会ってみるととてもシャープでかつ大らかな温かい人だ。彼のお嬢さんは歌手の一十三十一《ひとみとい》さん。彼女のはかない声が大好きだ。奥さまは超かわいくて常におひさまみたいに輝いている。とても仲のいいご家族で、自然に寄り添って生きている感じがする。

　下村さんの持っている運の力なのか、優しいおもてなしのおかげなのか、もうヨレヨレで歩けないと思っていてただただ痛みでいっぱいだった私は、なぜかそこにいてスープカレーを食べているだけで気持ちが元気になり、結果、痛くても楽しいという状態にまでコンディションが高まった。

　痛いと言っていたら、マスターと奥さまはタイで買ってきた貴重な塗り薬をくださったり、階段をいっしょにゆっくり降りてくださったりしたので、私は心の中で「優しい両親」というものの感触を生々しく思い出していた。そのせいなのかもしれない。

　はじめ、私はマジックスパイスのカレーの具の野菜のものすごい多さとか、北海道特有の甘い味つけや、店員さんのテンションにびっくりしていたと思う。観光客みたいに一回だけ味わえばいいのかな？　とさえ思っていた。

　でも、何回か行くうちに「野菜をたくさん食べた。いいスパイスをいっぱい摂った。ちゃんと人に会って接客してもらった」という気持ちに帰り道になっているのがわかって、どんどん好きになっていった。あの甘い味が深い優しさに思えてきた。だれかの頭の中から生み出された世界が現実になっているのを見るのはいつも楽しい。あのお店の中はそんな感じで、根っこがあるのを感じた。決められたコンセプトやアジア風という漠然としたイメージででてきているのではなくて、全てが深いところから理由があって出てきている感じ。

私の尾てい骨は痛いままだったけれど、気持ちは元気になった。

あの食べ物の中に愛がいっぱい入っていたから。いっしょにいった友だちが本気で気遣ってくれる態度や、下村夫妻の優しい励ましや、店員さんたちのてきぱきした様子や、そういうものもみんな愛として、私の心にしみこんでいったから。窓の外は全部真っ白い雪で、なにをするにも大雪に慣れない私はすぐ滑るしお尻が痛いからますますたいへんで、それでもなぜか安心できた。

愛をもらって、ありがとうという返事をして、なにかが循環する。

それが人間関係、ひとりひとりの重い問題さえそこで晴れていく。そういうふうであれば、ほんとうはいいと思う。

ほんのしばらく住んでいた家、転売特約が生かされなかったその家（笑）も、とてもいい家だった。

私はそこでほんとうにきつい引っ越しを体験し、家族で話し合ったり、眠れないくらい考えたり、みじめになったり、船橋の小説を書くために何回も船橋を訪れたりした。

あまりにも小さすぎて家族で一生住むことはどう考えてもできない家だったけれど、仮住まいの私たちをいつも優しく抱いてくれた。なにも問題がなく、いつも優しく、甘く、明るい空気が流れていた。

去年の夏の晴れた暑い夕暮れ、船橋からへとへとになって世田谷代田駅に着き、歩いて帰ったことを覚えている。大好きなヤマザキのおばちゃんにあいさつをして、サンダル履きでてくてく歩いて。手には船橋の駅で買ったパンを持っていた。

ああ、船橋取材が終わってしまった。なんだか悲しい、ずっと楽しかった。これから小説を完成させていくのは楽しいけれど、もう船橋に住んでいるみたいな気分であの駅に降り立つことはないんだ……そう思いながら、家を見上げた。

夏の空の下で、家はにっこりと笑っておかえりと言っているみたいに見えた。蓮《はす》の葉はいっぱいに広がり、表札には家族の名前があった。光は一面に家を照らし、家の壁の白がきらきら光っていた。

いつでも１００％、私たちを愛してくれた空間だった。

それを手放すのは泣きたいくらい怖かったけれど、新しいことはいつだって怖いものだ。

私は今度の家で落ち着いたら、また作品をたくさん書くだろう。

今度の家は実力派で、いきなり階段から落ちたくらいだからいろいろな意味でシャープで、前の家のようにゆるい感じではない。どこかしらにガチンコ勝負な雰囲気みたいな厳しい面があり、大人っぽくない私たちのことをまだ窺《うかが》っているから、まだまだ優しく緩んではくれない。なじんでいくまでに時間がかかりそうだが、その分、とても誠実な家だと思う。

引っ越した最初の夜に、初めてＴＶをつないでみんなで宅配のピザを食べながら観ていたとき、愛する家族と友人たちを眺めていて、ああ、やはりここが私たちの家なんだ、としみじみ思った。


それでも前の家での短くすばらしい日々は永遠なのだ。

ベランダに出たらとなりのおばあちゃんがちょうど出てきて、ベランダ越しに世間話をしたり、近所のうわさを話したり、お互いにほとんどねまきでおしゃべりしたこと。

町内会の集金のおばあちゃんがいつもへとへとで、手伝いましょうか？　と言ったら、真っ赤な口紅をしっかりつけた唇で笑顔を作って、私はこの仕事しなくなったらぼけちゃうからね、と言ってくれたこと。

いつも猫と犬をいっぺんに散歩させているかわいい家族がいたこと。

ほんの少しの移動なのに、もうあの人たちと同じ生活のリズムで暮らせないことも切ない。

でも、私は上を向いて、前を向いて、今日を、今現在を生きていたい。

子どもが赤ちゃんだったときのことを恋しく思わなくはないけれど、小さい頃毎日読んだ絵本やおもちゃを見ると胸がいっぱいになるけれど、でも今の子どもと会えることのほうが嬉しい！　それと同じだ。

だってこの人生、私が持っているのは「今」という時間だけなんだから。

さよなら、小さくて優しかった私のスイートホームよ。ありがとうだけ言いたい。

映画

小説の映画化というのは、ほんとうにむつかしい問題だ。

どんなに低予算の映画でもそれなりにお金がかかるから、話が出てからほんとうに実現する確率はかなり低い。

企画の立ち上がりにはいろいろなケースがある。監督が原作に対して情熱がある、主演の俳優さんたちがすでに決まっていて合う原作を探した、予算からなんとなくその原作が導きだされた、プロデューサーが思い入れて自分の好きな監督に依頼した、国や都道府県がからんできてそこから決まった、などなど。

それらの情報はオープンだったり一部ふせられていたり、いろいろなことを含みながら原作の使用許可を求められるのが私の立場。契約上その原作は世界中のだれも映画化できないように拘束されるので、こちらも慎重に決めざるをえない。

映画化がうまくいくケースというのは、不思議と人が人を呼びタイミングも天候もうまく合って、ほとんど障害なく最初から最後まで自然に流れるようになっている。

最近は依頼のときの感じで実現するかどうかがほとんどわかるようにさえなってきた。

映画の神様を動かすのはただ一つ、人の想いなのだということも。


いざ自分の小説が映画になってみても、作家というものはみんな基本シャイだから、自作を目の前で朗読されているようで落ち着かないはず。

私はおばさんになったしすっかりそういうことには慣れたけれど、自分のいちばん大事にしていたところが違うと文句を言いたくなる気持ちはまだちょっとだけわかる。

私の場合はわりきって監督にゆだねてしまうけれど、たまに「これはいくらなんでも……」と思う場合は、いちおう言ってみる。

言ってみるけど、だいたい通じない。

「作者っていろいろ思い入れがあるんだなあ」と思われるか、すご〜く面倒なことになるかどっちかである。

すばらしい監督たちのすばらしい映像と解釈で、私の作品はこれまでに何本も映画になっている。

どれもすてきな映画で忘れがたいものになった。

なるべく撮影現場を訪問するようにしているから、撮影現場の思い出もいっぱいある。

若き日の牧瀬里穂ちゃんと中嶋朋子ちゃんといっしょにおしゃべりしたこととか、歩いていたら前から真田広之さんがかっこよくやってきて映画のシーンみたいだったこととか、まだ小さかったうちの子が堀北真希ちゃんと手をつないで歩いていてみんなうらやましがったこととか、川原亜矢子ちゃんのきれいな笑顔とか、菊池亜希子ちゃんの着こなしのすばらしさとか……。

亡くなった森田芳光監督と奥さまのセンスあふれる会話や、やはり亡くなった市川準監督の町の切り取り方の美しさや、そういうことも印象に残っている。彼らはやはり巨匠だった。その存在自体が特別なオーラに包まれていた。

でもうまく言えないんだけれど、それは「私の映画」ではなかった。私のテーマでもないし、私の作品でもなかった。

「アルゼンチンババア」だって「海のふた」だってとってもきれいないい映画だった。だから、それでいい。映画は監督のものだから別に私のものでなくてもいい。

私の作品って、極端に言うと……というかあらすじだけを取り出してみるとえらくなんてことないアホらしいふつうの話。

景色がきれいだったり、女の子たちが集まってなにか人生のことをしゃべっていたり、ちょっとオカルトだったり、心温まる風の設定だったりしているから、そのあたりをふんわりした雰囲気としてとらえて取り出す監督が多い。

「東京に疲れたから田舎町に帰って大好きなこだわりのかき氷屋でもやっかな、と思って実家に帰ってみたら、歳の近いかなり面倒で陰気な女が遊びに来て、初めはうざかったがやがて仲良くなってお互いに才能を発揮したからよかったね、やっぱり好きなことを仕事にするっていいよね」

みたいな……(笑)。

「お母さんが死んだけど職人気質のお父さんはあんまり主人公の意に添う反応をしないばかりか町はずれのキチガイババアの片づけられない家に入り浸って子どもまで作ってどうすんだ！　と荒れてみたものの、お父さんにも考えがあるとわかり仲直り」

みたいな……(笑)。

しかし、私の小説はよくよく読むと、裏にはテーマの泉がこんこんとわいている変な仕組みになっているのです。

最初の話は「海がいつのまにか人を働かせる」であり、次の話は「女には決してわからない男のパラダイスとはなんぞや？　そして遺跡とはなにか」である。

ほとんどだれもこんなテーマだとは思っていないのではないか？

ひねりすぎてるんじゃないのか（笑）？

もちろんあらすじの心温まる部分で映画を撮ってもらうことは全然かまわない。監督が私の中の明るい部分を描いてくれるのは嬉しいことだし、テーマの深みまで伝えられない私の筆力にも少し、いや、かなり問題があるのだろう。

そのあたり、人の目で自分の小説を読めないからしかたないけれど、なんとなくいつも「私、やりすぎてるな、テーマ隠し」と思うことはもちろんある。

なんで隠すのか？

シャイだからでもひねくれものだからでもなくて、テーマはほんのり香る程度のほうが好きだからだ。何年も人の無意識の中に残る香りを出そうと思うと、忘れそうなくらいほのかなのがいちばんいいと、私が感じているからだと思う。

私が大好きなダリオ・アルジェント監督が撮った「トラウマ」という映画がある。

あるところに拒食症のおじょうさんがいて、真摯《しんし》に助けているうちにだんだん彼女を好きになってきてしまった青年がいて、彼女の実家の恐ろしい殺人事件の真相に迫っているうちに自分も殺されそうになって、犯人がわかったけれどだれもが傷ついて、それでも青年は彼女を愛そうと決める……というすばらしい内容なのだが、その血で覆いつくされたホラーフォーマットの映像にひそむテーマは「親子関係でとことん傷ついても子どもというものはどうしようもなく母親を愛しているものなのだ」という悲しみに満ちたものだ。

あの描き方では普通に映画を観ている人にはとても伝わらないだろうよ……と私にでもわかる。

なんで湖で彼は彼女をえんえん長回しでおぼれるまで捜し続けるのか、そこに美しいテーマ曲が流れるのか、ほとんどの人には意味不明だろう。

最後になんで彼らは生還を喜び抱き合ってキスしないのか、なぜレゲエ調音楽を奏でるバンドが出てくるのか、ほとんどの人にはカタルシスに欠けて物足りないだろう。

しかし、ある種の人にはわかる。

彼がどれだけ彼女を愛してしまったかがわかるのはそのシーンだけだからこそ、異様に長いのだと。

そして、ほんとうに傷ついていたら、愛する人の腕の中にいても人はただ震えることしかできないのだと。

多くの人に届かなくてもいいから、「トラウマ」での監督の表し方が私を深く救ったように、ほんとうに人を救える内容のものを創りたい。

少し前の下北沢には改装前の日本茶喫茶つきまさがあった。

美人で色っぽいりえちゃんがすばらしい音楽をかけ、大きな金魚が水槽の中で泳いでいるゆるい雰囲気の中、よくゆっくりとお茶を飲んだ。

私は改装後のまだりえちゃんがいた「第二期つきまさ」も、ご主人が優しく話しかけてくれる今の「第三期つきまさ」も大好きだけれど、今あの頃の古い建物のつきまさを思い出すときゅんとする。まだティッチャイがなくって、レ・リヤンがあった頃だ。

私はベビーカーを押しながら、あるいはまだ小さかった子どもの手をひいたり抱っこしたりしながら、つきまさに行った。

つきまさではお店を出るときに小さい子にはおみやげに飴《あめ》をくれる。

うちの子どもはその星型の飴をいつも楽しみにしていた。

「子どもがだんだん、もう飴いらないっていうようになるのを、ずっと見てきたんです。それが嬉しいやら切ないやらでね、いつかMくんもそうなっていくんだろうな」

とうちの子に言っていたりえちゃんだけれど、今はもうつきまさにいない。いつか戻ってくるかもしれないなと思いながら、切なくあの頃を思い出す。

子どもは確かにもう飴を欲しがらなくなったけれど、あの頃と変わらずにつきまさで抹茶ゼリーを食べ、柚子《ゆず》こぶ茶を何回もおかわりしている。

この間たまたま子どもが出かけず私も家にいた日曜日、いっしょにつきまさに行った。

「懐かしい、ママとよく日曜日につきまさに来たね」

と子どもは言った。

私は言った。

「よくけんかしてたね」

「そんなことないよ、いつも楽しかったし」

子どもは言った。

こんなに大きくなってからいっしょにお茶を飲みに来るとは思わなかったな、と私は思った。いつか彼が巣立っていっても、このような機会はきっと訪れるのだろう。人間がこの世にひとり増え、同時に私の人生に深い友だちがひとり増えた。なんて不思議なことだろうと私は思った。

私の身体の中にいたものが外に出て育って別の人間として歩んでいる。抱いて歩かなくてはいけなかったのに、今はもう私の背を追い越しそうだ。これ以上の不思議はない。

そうして人生ってあっという間に終わってしまう。

そう思ったら、なにも欲しいものはない。なんの悩みもない。

ただ、そうやっていろんな時期のつきまさに座って、おいしい日本茶を飲んだこと。

そんなようなことだけがいちばんだいじな気がする。


その頃、よく若木信吾くんと道で会った。

彼は当時も今と同じように無口なイケメンで、淡々と短パンで歩いていた。

急に人が足りなくなったとき、バイトできる若い人を知らないかなあとメールしたら、すぐにその広大なネットワークの中からいろいろな人を紹介してくれた。その中のひとりは今も私の事務所にいるかけがえのない存在だ。ほんとうに感謝している。

彼がすばらしい写真を撮るのは、ものを見る目が徹底して「自分の目」だからなんだと思う。

出版社をやったりお店をやったり、なんとなく派手に見えるけれど違う。ないからやってしまおう、というふうに気負いなく動いているのだろう。ただ流れに乗って男気で必死でやっていたらそうなってしまった、そんな感じがする。

「たいていのことはがまんできるんだけど、眠いのだけはがまんできない」とトークショーで話したとき彼は言った。

彼ががまんしているたくさんのことに、私はぼんやりと想いを馳せた。

まるできれいに霞《かす》んだ湖を見ているような、そんな気持ちになった。

彼が私の原作で撮った「白河夜船」は、いろいろな意味で掟《おきて》破りだったと思う。

シナリオは自己流にイメージ写真をコラージュしたブック（すでに作品と呼べるほど美しかった）からスタートし、撮影もたった一週間。ほとんど音楽の力を借りず、カメラを持った監督の感じだけを手がかりに、とにかく撮る、ドキュメンタリーのような手法。

しかしそこには私が若き日にあの作品にこめたスピリットがそのまま表現されていた。

「若いナルシシズムがやっと彼女を支えているが、彼女は優しすぎて、だれかの幸せや悲しみに割って入るなんていうことができない。たとえその優しさが彼女を殺すとしても、愛する人の役に立ちたいし自分自身でいたいのだ」

「自分の親しい人が自殺をすると、永遠に答えのない大きな『？』がもやもやした闇になって自分を覆ってくる。そうするとだんだん心がうつろになって、半分あちら側にいるようになる」

というようなことを、あの小説を書いた若き日の私は言いたかった。そういう良き姿勢でいようとする人には恩寵《おんちょう》が訪れるからちゃんとキャッチしてね、というようなことも。心の闇を闘い抜いていくぼろぼろのヒーローのようなあの主人公（安藤サクラちゃんのかわいい面がとてもよく出ていたと思う）を若木くんは深く捉えていた。

これまで、映画化されるたびに、うんとありがたいことだけれど自分は頭がどこかおかしいのかもなと思っていた。

あれほどすごい監督たちにテーマが伝わらないなら伝わるはずはない。でも映画は映画、監督の様々な感想をありがたく受けとったままこれからも世界を描いていこうと思っていた。

私自身も小説とイコールではなく若木くんももちろんそうで、小説を真ん中にしてそれぞれ別の岸からもぐって、海の底で出会ったような感じがした。優れた翻訳家に出会ったときと同じ感触だった。

だからこそ私は深いところで救われた。

だれかひとりが映像に正確に翻訳してくれたならあとはみんなそれぞれでいい、たったひとつの映画でよかったのだ。

若木くんが若木くんだけの撮り方で、だれにも頼らず、私にも相談せず、あの小説の中にもぐっていって見つけてきた何かは昔の姿のままでちゃんと生きていた。作品も喜んでいたし、私も喜んだし、若木くんも喜んでいた。

こんな夢みたいなことがあるなら、やっぱり書いてきてよかったなと思う。

若木くんとB&Bでトークショーをしたあと、雑誌の撮影のために下北沢の街に出た。そのほんの短いあいだに、昔まだ子どもが小さくて若木くんにはまだお子さんがいなくて、下北沢の街でよく出会ったことを思い出した。

後でできあがった写真を見たら、いつもの下北沢にいるいつもの私が写真の中でにこにこしていた。彼にしか撮れない写真だった。

定住？　移動？

生きていれば必ず服は汚れて、洗濯物が出る。

動き回ればほこりがたち、部屋も汚れる。トイレなんてものすごく汚れる。

私は、トイレがどのくらい汚れるかを知らない人とはきっと話ができないと思う、そのくらい知っていると知らないでは人生の形が違うことだと思う。どれだけの労力を使えばトイレがインドの寺のトイレみたいにならないで済むかを知っているのはとてもだいじなことだ。

なにか食べれば必ずごみや汚れたコップや皿が出る。

ホテル住まいをしたり、いつも飛行機に乗っていたり、お手伝いさんがいたりしてそういうことをしなくて済むときがあるのは、その分びっくりするほどお金を払っているしその余裕があるというだけだ。

たとえば男の人で奥さんがみなやってくれる人の場合は、奥さんにお金を払っているのとあまり変わらない状況だからやらなくて済んでいるだけの場合が多い。

時が流れ、体がある限り、人間は身の回りのことをしないと生きていけない生き物である。それを最後の最後まで省こうと考えて、ほとんどものを持たず常に移動する生活を実行している人はたまにいるが、もはやそれが人生のあり方、生活の中心になってしまうくらいの大問題だ。そりゃそうに決まっている。

徹底的に身の回りのことをやらない人もまれにいるが、街の大問題に発展して区役所から人が来たりしているくらいだから、そう長くは機能しなさそうな方法だ。

そして現代では、それにまつわることをどう考えて対処していくかというのが、ほとんどその人の個性とイコールになりつつあるような気がする。

というのは、生活の中の片づけとか、ものが壊れて修理したり交換したりすること（人体も含めて）というのは、時間が流れているということの持つ性質の全てを表しているからだと思う。

そこはほんとうに人それぞれの対処のしかたがあるから、人の体験が知りたくなる。よかった体験ならなおさらだ。だからこそ断捨離の本やノマドライフの本がこんなにも人気なのだろう。

私は、自分はあらゆる意味で臨機応変（よく言えば。悪く言えば節操がない）なので、あまり自分のそのジャンルについては真剣に悩んだことがないけれど、人のそういう話を見聞きするのは大好きだ。

たとえば、しわが嫌いだからシートベルトも嫌いとか、下着までアイロンをかけるとか、着たものはTシャツに至るまで全てクリーニングに出すという人の話を聞くと、そのきちんとした態度とそこにかけるコストと時間に感心するとともに、確かにその人たちの第一印象は自分とは異なり、いつもパリッとしたしわのない服を着ているなというものなので、生き方にもきちんと結びつき、功を奏していると思う。

食べ物のジャンルとなると、また少し違ってくる。

汚れものが出るのがいやだから、全てコンビニで買ってきて飲み食いした後にパッケージを捨てるだけという人などを見ると、なるほど合理的だがコストもばかにならないし、長い目で見れば健康を損なってしまいそうだからその手間のプラスマイナスはどうなるのだろう？　と思う。むしろ簡単な玄米菜食のほうがいいのではないか？　とかね。

お風呂を出るときに浴室内を全部お湯で洗って、ぞうきんで拭《ふ》いて、水分を残さないでカビを生やさないようにしているという人もいるが、この人に子どもができたらいったいどうなるのだろう？　と思ったりする。うちの子どもなんて、風呂場に犬のウンチがあってもその脇で平気で変な時間にシャワーを浴びだしてびしょ濡《ぬ》れのまま風呂をあとにしているのだから。

待てよ！　そういう人にはそういうだらしない子どもはできないようになっているのか……笑！

そんなことを思っていたある日、幼なじみの家に遊びに行った。

彼女はとにかく住む所の間取りが細々して狭いのがいやで、自分の部屋も特にいらない、広々としていればなんでもいいという人だ。

場所はどこでもいいし、見たことのないところに住むのは常に好きだと言っていた。そして家の中は常に混沌としていた。しかしその混沌が、なんとも絶妙なバランスなのである。引っ越しが多い職業の家に育ったからか、さあ引っ越しだとなっても大変にならないような単純なスタイルが彼女の世界では確立されていた。しかし整理されているわけではない。あくまで自分にとっての機能性だけが重視されていた。

私は一度、小学生のときに彼女が引っ越し前夜にあまりにも落ち着いているのを見て愕然としたことがある。「ねえ、そろそろ荷物を詰めたほうがいいんじゃないの？」と気の小さい私が言うと「大丈夫だよ、こうしてこうすれば」と彼女は段ボールを一箱作り、その中にひとつの引き出しの中のものをざっと逆さにしてあけて、まだ余裕があっても箱を閉じて

「引き出し一段目」と書いた。そうしたほうが結局は次の家に着いたときに簡単に元の状態に戻せるのだと言った。

私は感心してしまった。

そうか、定住しているからこそ定期的な整理整頓が大切なわけで、そうでなく、そんなふうにしょっちゅう移動する人ならどんなふうに考えてもいいわけだ。そこは各自の裁量に任されていて、生きていく上でどんどんカスタマイズされていけばいいのだ、と目からうろこが落ちる思いだった。

そして彼女の家のなんとも言えない混沌と、その法則がなんとなく理解できた。

今の彼女にはご主人とふたりのお子さんがいて、その家族は彼女のポリシーに従って広々としたマンションの一室に住んでいた。前に住んでいた人たちがふた部屋をぶちぬいて広くしたのだと言う。

テーブルの上には、テーブルの上にありそうなあらゆるジャンルのものがなんとなく置いてあったり積み重なっていた。耳かきから湯呑《ゆの》み、ノート、電卓、ゲーム機などなど。でも、決して不潔ではない。掃除されてないわけでもなさそうだ。ガラスの開き戸のあるタンスの中にも、いろいろなものが共存していた。

お嬢さんがやってきて、いろいろなものの上に載ったゲーム機で立ったままふつうにゲームをしはじめたので、そのバランスはこの家では当然のことなのだなあとまたしみじみした。

彼女ひとりの価値観だった合理的な混沌ともいうべきものが、いまや家族全員のデフォルトな状態にまで拡大していた。そこがすごいと思ったのだった。

いつも最低限のことしかしないけれど、最低限のことは決して文句を言わずに必ずするという彼女のこれまでの生き方に全てが重なっていた。

どんなにみなが楽しみにしていることであっても、彼女は全くなんのためらいもなく断った。そんなときの彼女は、冷淡なまでに「これはしなくてもいいと考えた」と言い、人々を驚かせた。しかしそれは彼女の中でいったんちゃんと考えて結論が出たことであり、あとはもう迷わない。立派な生き方だ、と常に迷える私は少し淋しく思いながらも、ほれぼれしたものだった。

なにせ自分の彼氏が泊まりに来るたびに「来てくれるのは嬉しいけど、私がごはん作ってるあいだテレビを観たりごろごろ寝てるのを見て、うちは宿屋じゃないと毎回思うんだよね」と真顔で言っていた人だ。

スケベ心も期待も幻想もなく、余計なことをしないという生き方考え方っていうのもあるんだなあと思う。

一方常にスケベ心でいっぱいで、幻想と妄想が止まらない私の混沌はここに来て、少しずつ変化を強いられているようだ。

いますぐ「きわめびと」にでも来てもらって、むだに時間を使わない家事について学んだほうがいいなと思うくらい、私は一日中なんらかの家事に追われている。洗濯が終わったら干せばいいし、皿がたまっていたら洗えばいい。犬のトイレが汚れていたらきれいにすればいいし、本がたまっていたら整理すればいい。

しかし、たとえばちょっと洗剤につけておかなくてはいけない油ものがあるだとか、果物だけが急に三箱届くとか、本がその日だけ三十冊届くとか、犬のトイレの上を亀が歩いて廊下を濡らしていったとか、拭き掃除ロボがトイレをはずしている犬のおしっこを床にまんべんなくなすりつけていたとか、そうしているあいだに猫がテーブルクロスにゲロを吐いていたとか、いろんなことがあるのである。それでいろんなことがどんどんずれこんでいって、小説を書く時間が圧迫されているのが私の日常で、いろいろしながら掃除も家事もひととおり終わったなと思うとたいていはもう夕方になっている。実に非合理的だ。

代沢に家を借りたのは、大型犬が死んでしまって前の家の中の全てがやりきれなくなり、その上子どもが生まれてスペースが足りなくなったからだった。

上馬の部屋には十年暮らした。前にも書いたことがあるが、大家さんとウマが合い、とにかくゆるい幸せな日々だった。家賃は高めだがその分ほんとうになにをしてもいいという、楽園のような暮らしだった。

一度大家さんに「私がセントバーナードを飼ったらどうするんですか？」「馬は？」などと冗談で聞いてみたら、大家さんはおおまじめに「いいわよ」と言った。「なにを飼ってもなにをしても。ベランダでバーベキューなんかもどんどんやったらいい」と。今どきこんな人はいないと思う。楽しかった。別に私は大騒ぎするわけじゃないんだけれど、しめつけがないという気分がすばらしかったのだ。

ちなみに、大リクガメのおしっこが階下の大家さんの家に天井から漏れたときはさすがに反省して、大リクガメを里子に出した……。

いろいろ経験して生活の達人に近くなった今なら前の家の収納のむだをいくらでも直してあげられるんだけれど、独身の一人暮らしだった場所に家族をつめこむのはいずれにしてもむりがありそうだったから、出るのは当然の選択だった。

なんで自分がこんなにも家にこだわるのか、女だからなのか、家で仕事をすることが多いからなのか？　とあるとき考え込んでしまった。

海外に仕事が多く、東京の家は小さくしてノマドライフを送ったほうが税金対策にはいちばんいいのではないですか？　といつでも言われる私がなんでそのライフスタイルを選択せずに、いまだに下北沢に固定されているのかと言われればよくわからない。

ひとつにはたぶん、ものすごい動物好きだからだろう。

歳をとるにつれて移動はきつくなるだろうと思うのと、大型犬が死んだ後に家を越したら、なんだか彼女まで置いてきてしまったみたいで、つくづく、もうあまり引っ越しはしたくないなと思ったからかもしれない。

それからこれだけ掃除ばっかりしているのに、出るときは動物ぶん汚れているから、いつもめちゃくちゃ怒られる。それにももう疲れた。ちなみにくだんの上馬の大家さんはもちろんなにも怒らなかった。修理費が敷金を超えたけど、長く住んでくれたし楽しかったからそれ以上はいらないと言ってくれた。


私は動物を「尊敬している」と言っても過言ではない。

人間よりもよほどすばらしいところがあるからだ。

動物のいちばん理想的な死に方は老衰で、死ぬ直前までふつうに暮らして、よたよたとトイレにも行き、しかしだんだん食べなくなっていって、でも痩せ細るまではいかないで、そのときが来たら飼い主がちゃんと揃うまで待っていて、揃ったら「じゃあね」というように息を引き取るというものだ。

私はそれを数回経験したことがある。悲しいことには変わりがなく喪失感も長くいっしょにいたぶん激しいのだが、後から爽やかな風のような尊敬の心がわいてくる死に方だ。

それができる人間のなんと少ないことか。人間とはなんと欲深いものか。考えていたら動物がどんどん好きになっていった。

もちろん私もできれば死ぬときそうあれたらと願っている。でも煩悩が多いから苦しむのかな、とちょっと恐ろしくも思っている。死ぬことよりも、自分の煩悩を見せつけられるのが怖い。

もしそんなふうに良い死に方で死んだとき、しばらくは生きているのか死んでいるのかわからないような状態で今まで通り家にいて、なんとなくそのまま親しい人たちを眺めていて、そしてもしもしかるべき行き場所があるのならだれかが迎えにきて、去っていく……そしてたまに、どうしてるかな？　と遊びにきたりするということがあるのなら、同じ場所にずっといるほうが自然なんだろうなあ、と思えてきたのだった。

奇《く》しくも「ゴールデンカムイ」というマンガを読んで、定住と狩りのための移動がないまぜになったアイヌの人たちの暮らしを見て、だれもが「今日生きているのと同じように明日も生きてはいないかもしれない」ということがわかっている生き方を、ほんとうは今もしているべきなのだと強く思った。

そして死んだら死んだことを忘れて、今までの暮らしをしばらくさまよってみるが、なかなかいい暮らしだったなと満足げに思う……それが憧れだ。

ヒーローズ

私が下北沢に運命的に導かれたあの日、双子ちゃんを抱っこするふだんのシーナさんと鮎川さんを見かけたことは、このエッセイ集のいちばん初めに書いた。

この自由な街に住んでいる人はこんなふうに自分の望む形で大人になってもいいのだと、彼らの見た目は雄弁に語っていた。

不思議なことに、そのおうちは今私の事務所になっている場所の目と鼻の先なのである。

私はそのちょっと坂になった道を通るたびに、あの日の四人を思い出す。心の中で、まるで一枚の写真を見るように取り出して眺めてみる。

そしてあの日の私を思い出す。将来自分が住むことになる街との運命の出会いの瞬間だ。

友だち姉妹が自由なふたり暮らしをしているところに無邪気に泊まりに行った、あの日の私。ＯＬのお姉さんの持っているヴィトンのバッグに憧れた二十歳の私。

ちなみにその姉妹が下宿していた家はまだ近所にある。私があの日上がった階段もそのままそこにある。

その姉妹が鍵をなくして入れなくなり大家さんも寝ているから外にいると実家に電話したとき、心配して静岡県から車で鍵を届けに来た、私たちの間では伝説の「娘大好きお父さん」も今はもう天国に行ってしまった。

そのときの私は若くてがむしゃらに遊んではいたけれど、なにを学んでいるのかわかっていなかった。どこに住みたいということなど夢物語に過ぎなくて、パスポートを取ることさえ考えてもみなかった。そして自分の人生にまっすぐ向き合うことさえできなかった。どう生きたいのかなど考えることもできず、まずは作家になろう、とにかく文章のプロというものになろう、そうすればそこから小説が自分をどこかに連れていってくれると思っていた。

そして半分はほんとうにそうだった。いや、半分以上かもしれない。小説はいつのまにか私を世界中の街に連れていき、世界中の様々な人の涙や笑いを見せてくれた。

そのことを単に恵まれているとか、羨ましいとか、才能に導かれているのだからそれだけでいいではないかと思う人もきっとたくさんいるだろう。

しかし私の人生はどうだっただろう？　私のしたかった暮らしは？

それが小説を書くことだけとイコールではないということを、ただただ必死で走ってきた私はやっと最近、ほんとうに気づくことになった。

そして私は「今あの若き日に戻れたら」というだれもが当たり前にする後悔を平凡に抱きながらも、今からの残り時間、猛然と楽しんでやる！　と思っている。

あの時よりも財力も人気も体力もないかもしれない。でも、そんなことではないということを私は痛いほど知っている。財力も人気も体力もあったのに、私はいつも自殺寸前の状態にあったように思う。気づいた今、この残り時間は神様が私にくれた時間だ。

そう思うと、幸せのあまり陶然となってしまうのである。

気づいてよかった。そしてこれから書くものは全部、私のように人生の姿が見えなかった人に気づきを蓄積するために書けるといいな、と思う。


件《くだん》の姉妹の家に泊まってから二十年以上経ったある夏のこと、私と子どもと友だちはゆるい音楽フェスに出かけた。

ご近所さんの曽我部恵一さんと昔なじみの鈴木慶一さんが出るということだし、子ども大歓迎の昼間の祭りだったし、トリはなんとＹＭＯ（別名だったけれどあのすばらしいお三方でした）だし、子どもを連れていってもいいんじゃないかな、と思った。

その日は信じられないくらい暑い日だった。

シャツを脱いでタンクトップになり、ペットボトルの水を頭にかけたくらい暑かった。子どもはかき氷をしょっちゅう食べてしのいでいたし、友だちも帽子をみっちりかぶっていた。曽我部さんが出てしまったあとはなんとなくゆるく明るい音楽ばかりになったから、私たちも暑いながらもくつろいで芝生に寝転んでいた。

今でもその瞬間を覚えている。

はっとするようなギターの音と共に突然、ライトだけではなく金色の光が夕方の光に混じって、ステージから歓声に混じってギラギラっと私たちを照らしてきたのだ。

そこには気合充分のシーナさんが、鮎川さん含むロケッツを従えて、燦然《さんぜん》と輝きながら立っていた。小さい体からかすれた声で大音量の激しい歌が炸裂し、バンドも爆音でロックンロールを奏でていた。

昔観たときよりも何千倍も何万倍も、彼女はすごくなっていた。

創っている、演じている音楽に生き方がしっかり伴っているからこそ、一点の曇りもなく彼女はギラギラと太陽みたいに輝きを放っているのだ。そして鮎川さんも全く影のようにはならず、堂々とそこに立っているのだ。

ひとつの奇跡を私はそのとき見ていた。

暑さも場所も時刻も、自分のことも、なにもかも吹っ飛んでいた。そもそもそれがロックなのだ。

彼らのライブのすごさを、私たちはあまり知らされていなかった。

インターネットがなんでも教えてくれる時代だからこそ、自分を奮い立たせるような情報は、こうやって自分がひとつひとつ体で運命を操りながら集めていかなくてはいけないのだと、私は一瞬にして学んだ。

普通に目に入る情報を見ているだけでは決して手に入らない、こうやって何十年もかっこよく生きて、自分の持っているものを高めている人たちがきっとたくさん、まだ知らないだけでこの世にはいるに違いない。私も気を抜いちゃいけないし、希望を捨てちゃいけない。

私がこの閉鎖的な社会の中で生き難くてひとりぼっちで戦っていると感じているときでも、こういう人たちがもくもくと演奏しているんだ。

彼らだっていつも楽しくてかっこいいわけじゃない。長い間には想像を絶するようなこともあっただろう。でもお子さんたちを育て上げて、体調を管理して、経済的なやりくりもして、長い間がんばって、そして人生を自分たちの生きたいように生きてきたんだ。

それが歌と演奏に全部出ていた。

その一瞬のために命を燃やしてきたと、シーナ&ロケッツは語っていた。

それからまた何年か経った下北沢で、まだ六十一歳で亡くなったシーナさんのお別れ会に参列した。

悲しく冷たい雨の降る夕方だった。

シーナさんと私はそんなふうにしか会ったことがないけれど、私は同じ街にいることをとても光栄に思っていたし、この街に住む遠いきっかけになってくださったことを感謝していた。

花に包まれた写真の中のシーナさんの笑顔は、やはりあの日のように光り輝いていた。人が悔いなく生きるということのすごさは永遠に消えないな、と思った。

一点の曇りもないオーラの鮎川さんとお嬢さんたちがそこには座っていた。淡々としていて、ひとつの生き物みたいに固まって。

参列したらすごく悲しい気持ちになるだろうと思っていた。もういいときはみんな終わってしまったような、そしてこれからはこの世になにも楽しいことはない、みたいな気持ちに。

でも違った。葬儀の場所を離れた私の中には、なにか温かいものがぽっと灯っていた。それが内側から私を温めていた。

とても不思議な感じがした。

それから私は和やかに友だちと話し、遊びに来た姉と食事をし、生きているということをしみじみと嚙みしめた。私の中にふだんある雑音のようなものは消えていた。雑音だらけのこの人生、雑音の全くない生き方をしている人を見ると言いようがない切なさを感じるけれど、自分も少しずつそれをなくしていけるようにさえ思えた。

そして私のお葬式（たぶんやらないけど、まあお別れの会とか）に来た人が、そのときの私のようになにかを受け取って帰宅してくれたら、もしそんな人生が送れたら、どんなにいいだろう。今からでも遅くない、そんなふうに思った。

挨拶もしないままで別れてしまったけれど、下北沢の私を産んでくれた恩人の冥福《めいふく》を祈り、ご家族のこれからが少しでも幸せに包まれていることを願っている。

父を亡くし、親友を亡くし、母を亡くしたその年、お葬式ばっかりでクラクラしてきて、いつがどの坊さんだったか、誰のお葬式だったかさえわからなくなってきた年、夫のお父さんが那須から来てくれたのが嬉しくて嬉しくて、笑顔が抑えられないくらいだった。

私にはまだお父さんがいるんだ、そう思った。そのくらい淋しかったのだ。

雨の上野駅まで行く車を、もう今は埼玉に行って家業を手伝うようになってしまった、このエッセイに何回も出てくる大好きなドライバーのはっちゃんが運転してくれていた。私は言った。

「お父さん、淋しい、淋しいよ。帰らないで、みんなでいっしょに暮らそうよ」

涙こそ流していなかったけれど、ほとんど泣きながら私はそう言っていた。

お父さんは黙って優しい目で聞いてくれた。

私は忙しくて、家族を養っていて、東京で事務所を持っていて、読者もたくさんいて、風来坊みたいな性格で、夜寝るのもうんと遅くて、お父さんは世界一畑仕事が好きで、早起きで、自給自足を楽しんでいて、東京になんか住みたくない。そんなことむりに決まっている。夫だって仕事が減ってしまう田舎に帰る気は全くない。

でもきっと、もうひとりの私はほんとうに、かけねなくその暮らしをしたかったのだ。

おとなしく嫁にいって、籍も入れて、受け身で、人の世話が好きで、甘えん坊の、もしも別の育ち方をしたらいたはずの私。

その私はいったいどんなことを幸せに思い、何を悔やむのだろう？

あの雨の夜、いつも両親と過ごしていた上野の街で、もうひとりの私が叫んだあの人生は、いったいどこにいってしまったんだろう？

選べなかったほうの人生を夢見ることはできない。でも、選べなかった人生が私に微笑みかけてくれるとき、いつでもその人生に恥じないようにあることはできるかもしれない。

なにかを選んだ人とそのブレない人生を人は讃《たた》える。

私もシーナさんと鮎川さんを讃えたい。

でも、きっと彼らには選ばなかったほうの人生が必ずあるはずだ。

私が下北沢を選んだとき、他の街で生きる人生を選ばなかったように。私が普通の結婚をして仕事を減らす人生、大好きな義理のお父さんといっしょに暮らす人生を選ばなかったように。

彼らはいろいろなことをひとつひとつふたりで選んできて、ひとつひとつの選ばなかった道を悔いなく見つめ、とにかく音楽を続けてきたのだろう。

そのことまで想像できたときに、不可能を可能にするヒーローたちは、やっと私たちにとって普通の人間になる。自分たちと同じ肉体を持ち、疲れを知っている、同じ次元にいる人たちになる。

そしてやっとほんとうの意味で彼らが成し遂げたことがどれほどたいへんなことだったかを、知ることができるようになるのだと思う。

かっこいい、すごい、自分とは違う。そう思っていたらリアルにならないほんとうの力を彼らから私はもらったように思うのだ。

この間「映像の世紀」という番組を観ていたら、ベルリンの壁崩壊に至る過程が描かれていた。そしてその大きなきっかけとなったライブ映像が映っていた。東側に届くようにと願いを込めて、ドイツ語でスピーチをし、ベルリンの壁を背に「ヒーローズ」を歌うデヴィッド・ボウイはおそろしくかっこよかった。

でも、どれだけ多くの人を動かさなくてはならないかとか、それを支えたスタッフの苦労、交渉のたいへんさ、きっとあったであろう殺されるかもしれないリスクとか、日程の調整とか、壁の向こうに音を響かせる音響の工夫とか、問題は山積みだっただろう。ただその場に行って歌えばいい、そういうわけではなかったはずだ。

もしもそれをやらなければ彼がいられた快適な空間のことなどまで想像してみるのはたいへんなことだ。

それでも彼がやってみようと、やらなくてはいけないと思ったことこそが、それを実現させたことこそが、ヒーローの条件なんだと思う。

私たちはいつだって、そういう人たちにすごいものを見せてもらっては、また自分の日常に帰っていく。

でも、あるときふと気づく。自分が自分の現場で、なにをしたら彼らの行動に価することになるのか？

そのときに初めて、彼らがどれだけの現実的な手間をかけてあの場所に立ったかを気づくのである。

一冊の本を作るために多くの人が働いていること、そして、その本を手に取る人が費やす時間。そういうことをいつでも忘れないで、一歩でも誰かのヒーローに近づいていきたい。

君が僕を知ってる

長い間観ているアメリカのドラマ「ウォーキング・デッド」では、今のシーズンの最終回に向けて人々が村を創り始めている。ゾンビに支配されようとしているその世界で、人々は仲間を作り、家族を作り、子どもを作り、そして村を創る。主人公を含むチームは、はじめはゾンビだけを殺していたが、やがてやむをえず人間を殺すようになる。

こう書くとなんとなく単純な論理で描かれている非人間的なドラマに思えてしまうが、あまりにも脚本と人々の演技が優れているので「ああ、これではしかたがないな、私もこの立場になったら、見て見ぬふりをして生きていくよりはと、自分や自分の家族を殺そうとする人間を殺すことになってしまうのかもしれないな」と納得する。この世から戦争がなくならない理由がほんとうによくわかる。

どんな環境にあっても、外にはゾンビがぞろぞろ歩いていて、それこそが人類共通の敵だとわかっていても、やはり人間は人間から奪い、他の人間よりも自分のほうが優位でいたいと思う、そういう面があるのだろう。

そんなに憎しみ合い、殺し合い、奪い合っていても、いや、そのことがあるからこそやはり人は「仲間を受け入れて村を創りたい」生き物だということの切なさを感じる。


昔、私のとんでもない珍スキャンダルが雑誌に載ったことがあった。

ある人に思い入れて振られた私が思いつめて山の上のお寺に行ったという内容であった。

今思い出しても笑ってしまうのだが、だいたい私は神道の信者だっつーの！　万が一思い悩んでもお寺には行かないっつーの！

まあその男の人も友達以上恋人未満の時期がある人だったので、多少は言いたいことはわかるけど、あまりにも的外れすぎて、世の中のスキャンダルってみんなこんなものなのかもなあと思うようになった。

ちなみに私が山の上のお寺に行ったのはほんとうのことだった。なぜ行ったかというと、修行中のお坊さんと恋に落ちた女友だちが女人禁制のそのお寺に会いに行くのに、作家である私が含まれていて取材目的だったり、個人ではなくグループでなら差し入れに行ってもいいということで、私はいわゆる「当て馬」だった。お坊さんたちは修行中に女性に触れたらもう失格になってしまうから、遠いところから差し入れを渡した。恋をしている私の友だちとお坊さんはずっと離れたまま並んで歩いていた。それは見ているほうが胸いっぱいになるような切ない光景だった。彼が山を下りてからふたりは結婚したので、当て馬になったかいもあり、嬉しく思った。

しかしもうこんなことに巻き込まれるのはごめんだ！　とその男の人とも気まずくなってしまい、方々に向かってぷんすか怒っていた私だけれど、そのときに何人かの人に「Ｉくんはその雑誌の人と親しいから、Ｉくんが流した情報なのでは？」と言われた。

Ｉくんのことはよく知らなかったから、疑うまでにも至らなかった。ただそんなふうにさらっと人の口からその人の名前が出てきてしまうような環境に身を置きたくないなあと思っただけだった。

何年間も、そのことは私の中に小さな棘《とげ》として残っていた。

スキャンダルの相手の男の人とはすっかり仲直りしてうちの空いている部屋を貸したり、家族ぐるみで仲良くして子どもを散髪に連れて行ってもらったりするようになり、長い時が経った。

Ｉくんも前の会社を辞めたと風の便りに聞き、ああ、もうきっと会うこともないのだろうなあ、と私は思っていた。

しかし、運命は私たちを再びめぐり会わせてくれたのである。

夫が仕事で留守のある夜、私も仕事で帰りが遅くて買い物ができず、うちの冷蔵庫には長ネギくらいしかなかった。

長ネギでインスタントラーメンを彩ってごまかすという作戦もあったのだが、子どもが急に刺身を食べたいと言い出したので、じゃあ外で食べようか、ということになった。

あまり知られていないかもしれないけれど、下北沢には安くておいしい刺身を出すお店がいっぱいある。魚好きにはたまらない街だと思う。

いちばん近くにある魚料理の店は、ちょっと高いけれどお魚が新鮮で、おつまみ程度に食べるならそんなにお金もかからない。開店してからずっと、来客があったときやそんなふうに夜遅くなったときに家族で通っていた。なのでその夜も気軽にのれんをくぐった。

しかし、なんだか様子が違うのである。いつも出てくるお兄さんが出てこなくて、会ったことがないバイトのお姉さんが出てきた。

そして「申し訳ありませんが、お子さんは入店できません」と言う。

先月来たときは大歓迎してくれたのに、制度が変わったのかな？　と思って、入り口に張られた張り紙を見たら、

「未就学のお子様は来店をお断りいたします」と書いてある。

横を見ると、でかくむさくるしい十三歳の子ども。これは、どう考えても未就学ではない。

「先月来たときは、入れたんですけれど。開店からずっと通っているのですが」

と言ってみるも、

「新しく決まったことなので、申し訳ありません」

と言われた。

「でも、この子どもはもう未就学児童ではありませんよ」

と言うと、

「とにかくお子さんはだめなんです」

と頑《かたく》な。

もうめんどうくさいから引き下がろうか、と思ったんだけれど、なんだか悔しいから、

「では最後にご挨拶をしたいので、店長さんを呼んでいただけますか？」

と言ってみた。

「店長は仕事中で……」

としぶられたが、万が一店長が変わっていなかったら、ぜひ会いたかった。打ち合わせでも何回も訪れていたし、家族ぐるみでいつも楽しく会話をして仲良くしていた人だからだ。黙って急に来なくなったと思われてしまったら、淋しすぎる。

するとその時、背にしていた入り口の引き戸ががらっとあいて、さっそうとIくんが登場したのである。

「うわ、何年ぶりだろう、この人。……っていうか、どこの編集部の人だっけ？」と私は一瞬彼のことがわからなくて動揺したけれど、声を聞いたらすぐ思い出した。

「僕はここでごはんを食べようと思って、外からのぞいてみたんです。そうしたら吉本さんがいるのを見つけて。なにか僕でお役に立てることがありますか？」

彼は言った。

「今、いつも入っていたこのお店に、子どもは入れないって言われたんだけれど、張り紙には未就学児童って書いてあるので、違う気がしてごねてみてるところ」

私は言った。

「確かにどう見ても未就学ではないですねえ」

Iくんは言った。

なんだかわからないけれどすでにお姉さんはかんかんに怒っていて、プリプリしながら私とIくんのやりとりを聞いている。そしてついに奥から店長が出てきた。

全く知らない人だったので、びっくりした。

「あの、前の店長さんは辞められてしまったのですか？　すごく若く見える四十九歳の……」

と私が言うと、

「そうなんです。このお店はチェーン店で、スタッフが総入れ替えになったのです。彼は別の店舗に行きました」

新店長は言った。

そうか、彼にはもう会えないのか。先月、またいらしてくださいねと、ポテトサラダを持たせてくれたときが最後だったんだ。お店ってこういうところが悲しいなあ、と私は思った。

「私たちは開店のときから、何回も来ているのです。今日も入ろうと思ったのですが、子どもはだめと言われて、せめて前の店長さんにご挨拶をと思ったのですが」

と言うと、

「彼には伝えておきますね。それに、お子様はどう見ても未就学ではないですよね、どうぞどうぞ、お入りください」

店長さんは言った。

お姉さんはさらにすごく怒って、あやまりもしないでぷいっと店内に入っていってしまった。そのあとも接客してくれたけど、私が笑顔で接してもずっと怒ったままだった。悲しいし、いまだにわけがわからないままだ。こういうことがあるのもお店というものである。残念ながら彼女には接客業は向いていないのだろうな。

しかし、そのなりゆきで私とＩくんとうちの息子で、ごはんを食べることができたのはすごく嬉しかった。

なんとなくもやもやしたまま別れてしまったから、再会できて、しかも私たちに力を貸してくれて、守ろうとしてくれたことも嬉しかった。いろいろな人たちの消息をおしゃべりしたり、刺身を食べたり、近況を聞いたりしてすごく楽しく食事をした。

Ｉくんがうちの息子に言った。

「うちはもう少し坂の上のほう。ここをまっすぐ上がった、君のうちよりももっと坂の上」

「そうなの？　でも私たち最近引っ越して少し坂の上になったんだよ」

私は言った。

「そうなんですか？　うちは、〇〇園のすぐ近くで」

彼は言った。

「ええっ、うちもだよ？　すぐわき。住所を教えて？」

私は驚いて言った。

引っ越したとき、近所の家にはくまなくご挨拶に行ったので、わからないはずがない。

「〇丁目の〇〇です」

彼は言った。そしてそれはほとんどうちの住所とイコールだったのである。

「それ、うちだよ、なんで？」

「もしかして、吉本さんのうちって、少し奥まってて、最近引っ越してきた？」

「そうそう」

「うわあ、それうちの真向かいですよ」

「わかった！　黄色い壁の家？　私ご挨拶に行ったら、奥さまが出てきた」

「そうですよ、言ってたもん。今日向かいの人たちが来たよって。きっと業界の人だと思うなって」

「ひえ〜、よろしくお願いします」

「こちらこそ、よろしくお願いします」

狐につままれたような気持ちだった。

そして私たちは仲良く坂を上っていって、同じ場所まで帰って、奥さまに改めてご挨拶をして、不思議な気持ちのままでおやすみなさいを言って、同じ道からそれぞれの家に入っていった。

そうか、私と夫が挨拶に行ったときは奥さまだけがいらして、彼が夫や息子を見かけたときには私がいなかったからお互いわからなくて、つまり、数カ月のあいだ、私と彼だけが顔を合わせなかったからわかりようもなくて、ずっと真向かいで暮らしていたんだ。

きっと下北沢の神様は「ふふふ」と思って見ていただろう。出会うのが時間の問題とはいえそんなドラマチックに再会できたことを、あのこわいバイトのお姉さんに感謝しなくてはいけないくらいだ。

引っ越した先はちょっとこわい人や近所づきあいを嫌う人が多くて、今まで子どもたちの声に囲まれて若夫婦ばかりとオープンに暮らしていた私たち家族には戸惑うことが多かった。

でもその日から急に気持ちが開けた気がした。よそから多くいただいた果物や卵をおすそわけしあったり、お互いの作った本をポストに入れたり、いってらっしゃいと見送りあったりして、気持ちがうんと明るくなった。

いまだにすぐどなりこんでくる人などはいるんだけれど、気にならなくなったし、心なしか家自体も急に私たちになじんでいい雰囲気になってきた。

Iくんが編集の仕事をしているかぎり、いっしょに仕事をすることだってきっとあるだろう。ゲラはお互いにポスト投函でよく、打ち合わせもみんな近所でいい。なんだか楽しそうで、もう街の外に出なくていいんじゃとさえ思う。

私がこの街を選んだことで、住めなくなった街がある。できなかった生活がある。見送らなくてはいけなかった人もいる。出会わなくていいのに出会って、気まずくなった人もいる。大好きだった下町のふるさとも後にしてしまった。

でも、ここに固定されたことによって、円そして縁ができていくことがなによりも嬉しい。携帯とおさいふと鍵だけポケットに入れて、街を歩けば知り合いに出会い、いろいろな人と街を共有していることがなによりもありがたい。うちの子どもの成長を見るともなく見ていてくれる近所の人たちがいる。そして不思議なことに、いくら近くにいても縁のない人とはすれ違うことさえもないのだろう。きっと私は「ウォーキング・デッド」の主人公たちみたいに、自分だけの縁で、自分の下北沢を構築していっているのだろう。

占いもごはんもマッサージもロミロミも書店も、編集者さんもライターさんもデザイナーさんも校正者さんも、最高なレベルで取りそろえられているわが街下北沢よ。

イラストの舞ちゃん、いつでも戻っておいで。

そしてみんなも、いつでもそんなすてきな下北沢に遊びに来てください。もし気に入ったら住んじゃってもいいかもよ。

裏話❶　イージュー★ライダー

本文内に出てくる上馬の家、実は私の上の四階には子豚の家族の前にトータス松本さんのご一家が入っていたのであります。

だから今もたまにいっしょにごはんを食べに行ったりします。不思議なご縁だなあ。

知っているすばらしい人の中でも五本の指に入るほどの、なにがあっても動じない美人の奥さま（君に会えてよかったとバンザイする歌ができるほどの）がはじめにタオルを持って「上に越してきました」とご挨拶にいらしたとき、当時いた奈良出身のアシスタントが「関西人で松本さんっていったら、もう間違いなくトータスですよ！」と言い、「まさか、そんなはずないでしょ」と私は言ったが、なんと、ほんとうにそうだったのだ。

はじめの頃はよく家の外でウルフルズのファンの方が張っていて、私が出ていくと「あの人が奥さんかしら」などと言われたものであった（残念ながら違う）。

トータス松本さんのおうちに女の子が生まれ、次に男の子が生まれたそのだいじな期間、うちも子どもを産んで育てはじめていたから、とにかく心強かった。

その十年間は、同じ建物の中で三人も赤ちゃんが生まれたっていうことだから、にぎやかで楽しくもあった。

私の仕事部屋の真上にトータス松本さんが作曲する部屋があって「この縦のラインにすごいクリエイティブエネルギーが流れているはず！　どちらかが行き詰まっても、片方のエネルギーでなんとかなる」と言い合っては笑った。

当時目黒に住んでいた小沢健二くんが遊びに来て、みんなでお好み焼きを食べたこともあった。そういう時代だった。

松本家にあった「寝ている子どもが起きたら別の部屋で聞こえるモニター」とか「子どもの心をひきつける不思議なお人形」とか、あのご夫婦がいつでも楽しい工夫をしていらしたこと、今も忘れられない。お互いに初めての子育てで生き方が変わっていく時期で、珍しい種類の活気があった。


スターとかヴォーカリストには輝かしいオーラがある。

トータス松本さんのよく通る声と、いつでもすっとしたよい姿勢はすばらしかった。彼はエレベーターの中で会うたびにちょっと緊張するほどのなにかを発散していた。ちょっとした会話をしても、声が美しいからとてつもなくいい話を聞いたあとのような気分になった。

そして晴れた日曜日の午後など、彼がライブのために三線《さんしん》を練習している貴重な音が風に乗って聞こえてきたりして、とても得な気持ちだった。

トータス松本さんがなにを言っているかまでは聞こえなかったけれど、窓が開いていると彼の声だけがいつでもはっきりと三階まで届いてきた。

とても頼もしい声だった。

いちばんすてきだったのは、あるロックフェスで奥田民生さんとトータス松本さんが競演することになった時期のことだった。

私は赤ちゃんがいてもちろんそのロックフェスには行けなかったんだけれど、毎日お風呂に入ると、トータス松本さんがお風呂の中で練習する「イージュー★ライダー」が聴こえてくるのだ。

ただでさえいい歌なのに、お風呂の反響と彼のすばらしい声で、ますますいい歌に聴こえた。きっと彼は鼻歌くらいの感じで歌っていたのだろうけれど、窓を開けていて、こちらもお風呂の窓を開けていたから、その通る声は完璧に聴こえてきて、涙が出るくらい感動した。

なんていい声、なんていい曲、いい歌詞なんだろう。

持ち歌でないぶん、より正確に真摯に歌っているトータス松本さんの様子は胸を打った。

ほんとうに彼は歌うことが好き、歌えばいつでもそこには命がこもる。

しかし、階が違うとはいえ、双方すっぱだかで歌ったり感動したりしているなんて、その縦のラインもそうとうおかしかったな、と今となっては思う。

幸せな時代だった。

ります。

裏話❷　まさに裏話……

裏話のデンジャラス度がどんどん高まって、もはやいつ発禁になるかわからない文章であります。


その、建て売りもしくはある程度フォーマットの決まった住宅の決まりを完全に把握する前に、私は家にもうひとつ押し入れと水栓を増やしてもらうべく、もともとの工務店さんにお願いしていた。そういうのは意地にならずに建てた人に言うのがいちばんである。

ある日、追加工事があるというので差し入れに行ったら、ちょうど棟梁《とうりょう》がひとりでやってきたところだった。ほんとうは午後一時からの予定だったはずなのだが、すでに時刻は四時。

どうしたのだろう？　しかもふたりか三人で来るはずだったのでは？　と思っていたので、差し入れのたくさんの飲み物が完全に浮いてしまったが、とりあえず渡した。

「ありがとうございます。飲みきれないなー、事務所に帰ってからみんなでいただきます。

今日はひとりでやります。多分こっちには管が来てないから、二階は水栓をつけるのむりかもしれないですが……なんとか引っ張ろうとしてみます」

と言う彼は、なんとなく菊地成孔似。

しかも、二日酔いかライブ明けのへとへとの成孔……。

顔色がとっても悪く、腕にはなんだかわからないが採血か点滴のあとの絆創膏《ばんそうこう》が貼ってある。

「むりしないでくださいね……」

と私は言い、家に帰った。

後日、不動産屋さんから「彼は入院しました……もしかしたらしばらく出て来られないかもしれません」というのを聞いたとき、なんとなく納得した。

二階にはもちろん水栓はついてなくて、三階にはついていたが、なぜか蛇口の代わりに小さいネジがついていた。どうも途中で投げ出したっぽい。

こりゃ、よっぽど具合が悪かったんだろうな、と私は少し切なくなった。

不動産屋さんの名誉のために言うと、もちろん後から蛇口は直してもらったし、そのほかの小さい不備も代理の人がさくさく工事してくれた。

成孔似の彼はそうして跡形もなく私の人生から去っていった……。

去っていって別にいいんだけれど、私の家を建てた人、いつまで住むかわからない小さい家だけど、今いる家を造った棟梁の人だから、元気でいるといいな、と思う。

そのあと、いろんなところの糊《のり》がはがれてきて（笑）、「あちこちはがれてくるんですけど」と言ったら、「ああ……それはいいんです」とのんびり言った（よくないよ！）点検係のかわいいお兄さんは山崎まさよし似だったこともつけ加えておきたい（なんのためのつけ加え？）。

そのときにいっしょに来た同じくえらくのんびりしたおじさんがうちの犬を見て、「犬って、ほんとうにかわいいんだよなあ。俺は一匹目のゴールデンが死んでから、もう犬は悲しくて切なくて。だって俺が帰ってくるのをずっと玄関で待ってるんだよ、俺はあんなこと人間にされたことはないよ」と言っているのを聞いて「点検もなかなか心温まっていいもんだな……ずっとあなたがたに直してもらうとは限らないけどさあ」と思ったこともつけ加えておこう。

臨機応変が全てだし、そのつど他人への愛があればきっといろんなことが、良い感じになんとかなるのだろう。

裏話❸ 自分が心配

今は旅人が本業のたかのてるこちゃんだが、私の子どもが小さかった当時はなんと東映に勤めていたので、私たち母子がいちばん好きだった仮面ライダーカブトのイベントに誘ってくれた。

そこでプロデューサーの白倉伸一郎さんと武部直美さんに会わせてもらい、いろいろな話を聞けたことを忘れない。歴史に残るものだからこそ現代のいちばん面白い題材でやりたい気持ちも熱く、なによりも哲学を大事にしておられてすごく参考になった。

電王あたりからはキラキラと楽しいエンターテインメント路線にしだいに寄っていった仮面ライダーシリーズだが、カブトあたりまではまだその前の響鬼だとかクウガだとかの暗さを引きずっていてとても面白かったのだ。

……って、興味のない人にはさっぱりわからないと思うんですが、そういうものなんだな、と読み流していただけると幸いです。

そしてそんなてるちゃんの計らいで、私と息子は水嶋ヒロくんと佐藤祐基くんに会わせてもらうことができた。トークショーの直前なのに、いやな顔ひとつせずに子どもと写真を撮ってくださったり握手してくださったり。

てるちゃん自身がすでに東映内で有名人だったから、彼らもてるちゃんの前でよく笑い、よく話し、私と息子がとても熱心に毎週観ていたことを喜んでくださった。

ヒロくんの演じる天道くんがとても好きだった。お料理が好きな孤独なヒーローだ。愛する妹が異形のものになってしまう苦しみの中、明るく振る舞いながら俺様キャラでおいしいものを作り続けていたのがツボだった。

実際のヒロくんはもっと優しい感じでまるで別人、演技がうまいんだなあと感心した。

さて、仮面ライダーのイケメンズと言えば、たいていがその後すばらしい俳優になっていく上に、この世のお母さんの全てが血湧き肉躍らせる存在ではないか。

しかし、私は悲しいかなイケメンにほとんど興味がないので（こう言うたびに夫がとても悲しそうな顔をするので、『例外もあるのよ♡』と言うように心がけている）、そのすばらしくかっこいい、運動ができそうなおふたりに対しては息子に接する母親のような気持ちで微笑んでいただけだった。

ところがその直後に、てるちゃんが「ちょっと待って、今ならカブトとガタックに会えるかも！」と言い出して廊下を走り出した。

ついていくと、その先にはようするにスーツを着たアクターなんだけど、仮面ライダーカブトとガタックが立っていたのである！　てるちゃんがいろいろ話してお願いしたら、写真を公開しないという条件でそのふたり（二体？　笑）にはさまれて写真を撮ることができた。

その私の嬉しそうな顔と言ったら、花嫁か？　くらい照れていて、握手をしてもらえますか？　と言ったら無言でかっこよくうなずかれ、ますますぽーっとしてしまった。

女性としては絶望的な人生だが、この事件、今のふなっしー好きに確実に通じるものがある気がする。

人間の男なんてフン（？）！

裏話 ❹ 作品たち

Ｂ＆Ｂで岡村靖幸さんと対談したとき、あまりにも弱気な岡村ちゃんが切なくて、とにかく必死でアートのほうへと後押しした。

そんな弱った感じであっても、彼の声はあの世界を表現する突出した芸術だった。彼がちょっとなにかを言っただけで、心にずしっと響く。そしてあの独特の間合い。すごいなあ、詞を歌に乗せて多くの人に届かせる人の声って特別なんだ、と思わずにはいられなかった。

私たちの青春を彩った岡村ちゃんの声は永遠だ。

人というものは生きているだけでその人自身が作品なんだと思う。

これまたＢ＆Ｂで前にイベントをやったときのこと。調子が悪くて来られないかも、孤独でしかたないと言っていた心を病んだ女の子が、なんとか来てくれた。少しお話ししたけれど、作品はともかく私本人はその人になにもしてあげられない。

がんばってほしいと願いをたくさん込めて話をした。

次のイベントのとき、彼女はほんの少し明るくなって、来てくれた。

この間調子が悪かった人ですよね、調子どう？　とは決して言えなかった。なんだか軽々しく思えたし、ただ見つめ合って微笑むだけがいちばんいいと思った。

彼女はまだいろいろたいへんなことがありそうに見えたけれど、その足は地面をしっかりふんでいたし、瞳は生きている人だけのすばらしい輝きをたたえていた。

自分では決してそう思えないだろうと思うんだけれど、あなたはそうやって生きているだけでやっぱり作品なんだと言いたかった。創ったのは神様でも両親でもない、その魂が肉体に入っている組み合わせはたったひとつ、あなたが日々選ぶものがあなた自身を映し出しているんだよって。

今も、自分を含め、いじけている人全員にそう言いたい。

京都には他にもｐｒｉｎｚという有名なカフェがある。上の階には泊まれるし、ギャラリーもあるし、海外の写真集なども売っていて、庭もあり、広々していて落ち着いたところだ。

この間、なんだかへとへとだった私の家族とやまのはにいっしょに行った京都の友だち、生き様がパンクなナチュラルボーンアーティストの外村まゆみちゃんといっしょにそこに行った。暑い日でお客さんはほとんどいなくて、お店全体に日の光がさんさんと入っていた。はじめ例によって私の子どもがまゆみちゃんにマジックを見せるといって、堂々とふたりきりでいちばん広いテーブルに陣取った。

それを別の席で眺めながら私と夫はジュースを飲んでいた。そのうちあまりにも陽ざしが強くなってきて、耐えきれず全員で勝手に席を移った。どんだけ席を占領？　そしてどうしても必要な電話待ちをしていた私の携帯電話の充電が切れたので充電させてもらいながら、もう一回注文しなおして、涼しい席で落ち着いていたら子どもが本気で横になって寝だした。結局二時間くらいそこで過ごした。出るときになったらソファに子どものよだれがついていて、必死で拭きつつ「私たち、最低のお客さんだったね……」と反省しながら、みたらし祭に向かった。

そのひどい思い出もまた、京都のカフェの思い出として裏歴史に残っているのです。

裏話❺　奇妙な旅

病気になり、手術日も決まり、いよいよという感じになっていたあるとき、いきなり姉は手術をすっぽかして逃走した。

すごいなあと思ったけど、両親の介護があった姉にとって、そんなふうにでもしないと手術日をずらしてもらうなんてできなかったのだろう。

看病や介護をしている人は、必ず自分で自分をしばってしまう。

ちょっとだれかに頼んで抜けだしておいしいものでも食べよう！　みたいなエネルギーがだんだんなくなってくるし、そういう行動に罪悪感を覚えるようになってしまう。

「こんなふうにゆっくり昼に知らない店に入ることもできなかったなんて！」みたいな感じで姉が東京駅の大丸からメールをしてきたとき、「これでいい」と思った。

ずっとひとりにしておくのもなと思い、姉がそのまま訪れた京都に最初の一日だけつきあって行くことにした。レンタカーを借りて姉の住んでいたあたりを回ってあげようと思った。

「新幹線でいっしょに行ってレンタカー運転して」とお願いしたら、件の運転バイトの彼は「なんなら車で行きましょうか？」と言った。

一生に一回くらいそれもいいかも……と思ってしまった私は、荷造りをして子どもを積んで、彼の運転で京都を目指した。

ひとりで七時間も運転するのはたとえ途中浜名湖でうなぎを食べてスタミナをつけてもきつかったと思う。

姉とはホテルで合流し、いっしょに居酒屋で飲んだ。なんていうことのない京都の居酒屋だったけれど、姉が京都に住んでいたとき以来、三十年ぶりくらいにいっしょに京都にいる、その事実にびっくりした。今、姉の体には病気がある、そう思うとすごく不思議だった。見慣れた姉の乳ともうすぐお別れだ……。

そう思いながら、翌日は姉と宝ヶ池や左京区の書店など懐かしいところに行った。

私の豪快な京都の女友だちが合流して、ひとりで散歩して複雑な場所に行ってタクシーが拾えなくなった姉を迎えに行ってくれた。

「車貸して、私道わかるし」

と彼女が言い、

「はじめての車で大丈夫ですか？　僕が行きましょうか？」

と聞く運転バイトのお兄さんの心配そうな声もよかったし、

「あ、大丈夫」

とだけ言って彼女が私の車でぶーんと行ってしまって、彼が少し驚いたとき何だか楽しくて、レンタカーでなくてよかったと思った。

もう買って二十年がすぎる私のちっこい車も、いろんな運転上手の人の運転で京都を走れて嬉しいだろうと思えた。

翌日のホテルは「姉と私」「息子とバイトのお兄さん」という不思議な部屋割りになった。それ以外のどの組み合わせでもまずいからだ（笑）。

そのホテルはものすごく細長く、ふたつの部屋は端と端にあったのでめちゃくちゃ離れていた。私と姉の部屋でお風呂に入った子どもを、私はえんえんバイトのお兄さんの部屋まで送っていった。

長くて、暗くて、だれもいない廊下をずっと手をつないで歩いた。

めんどうなので私はスリッパにパジャマを着て、カードキー以外は手ぶらだった。

「なんだかママと別れるのが淋しいよ」

と子どもは言った。

「ママもひとりで帰るのがなんだか淋しいよ」

と私は言った。送りとどけると部屋の中では彼が寝転びながら待っていて、よう、まんちゃん、と私の子どもの名前を呼んだ。私はなんだか安心して、ひとりまたえんえんと歩いて姉の待っている部屋に帰った。

なんだかすごくいい思い出である。

裏話⑥ 下北沢の大野舞ちゃん

超遠距離恋愛の恋人とやむなく別れ、しかしやはりお互いが必要とわかりいっしょに住むことを決意し、家族に祝福されて結婚し、子どもを産む。

そんな大きなことが起きた人生の特別な時期にある舞ちゃんと、ちょうどいっしょにいられたことをとても光栄に思う。

お互いにとても忙しいので、そんなにしょっちゅう会っていたわけではない。

でもなんとなくそのへんにいつも舞ちゃんがいる感じがしていた。

そして今年、舞ちゃんはご主人のお仕事のつごうで遠くに引っ越してしまう。

もう舞ちゃんがおじょうさんを抱っこして歩いている姿を近所で見かけることはできないんだと思うと、とても淋しい。

人生にはいろいろな時期があるから、今はむしろあのような日々を持てたことへの感謝を大切にして、それぞれの新しい人生を幸せに描きながら、これからも折々に交わっていけたらなと思っている。

人生の船というものはたまに勝手に出航準備をして、港から出るばかりになってしまうものなのだ。

あとは舵をきって、それぞれの気持ちを明るく切り替えるだけ。


舞ちゃんが住んでいたのは、たまたま私の代沢にあった家のすぐそばだった。

坂の下に行けば、舞ちゃんの部屋の明かりが見えた。

いっしょにごはんを食べに行っては坂の下で別れた。

それぞれがどこかに行ったおみやげはポストに入れるか玄関のドアノブにかけておけばよかった。

震災のときも近くにいたから心強く、真っ暗な私の家の中で羊を焼いていっしょにワインを飲んだりした。その時間だけが光り輝いていた。たまたま近所の人たちがみな集まってとても心強かった。

舞ちゃん夫婦と私と息子で仙台にジョジョ展を見に行って、小さく細長いホテルに皆で泊まり、飲んだり食べたりカラオケで歌ったりもした。なんで仙台まで来てカラオケなんだろうねと笑い合いながら。

ご主人の運転で舞ちゃんの実家に行ってバーベキューをして、帰りも同じ下北沢にいっしょに帰ってきたりもした。

当たり前に見えるそんな毎日は人生のほんの一時期にしかないものだと、私は知っていた。今までの五十年の間に、さっきまですぐそこにいて毎日会っていた人になかなか会えなくなるのは、当然のことだという認識が育っていたから。

空港でハグして、保安検査場に入っていくときに似ている。

朝いっしょにごはんを食べた、さっきまでいっしょに泳いでいた、お茶をしながらなんていうことのないくだらないおしゃべりをしていた。でも、もう、いない。触れない。まだこの手にはぬくもりが残っているのに。耳の中にはその声がすぐそこにいるみたいに聞こえているのに。

お互いが少し離れたところに越したとき、ひとつの時代が終わったことはわかっていた。でもそれからしばらく、まだ同じ街でうろうろしては出会った。

神様は私たちにちょうどよい準備期間を与えてくれたのだろう。

舞ちゃんのすばらしい頭脳、優しい心、そして狂気を含んだ大きな絵の才能を、私は遠く離れていてもずっと応援していたいと思う。

さようなら、下北沢の舞ちゃん。いろいろありがとう。

これからますます成長してもっとすごい作品を創ってくれることを、もっと深く自分の中にダイブして、宝物をいっぱい拾ってくる人生になることを、深く強く祈るばかりだ。

裏話❼ マジでやばい現場

私にはこの件、なんの恨みもこだわりもない。

また、ここに出てくる人たちのどんなことも、その人たちがいいと認めたならいいという単純な明るい気持ちでいる。

だからこそのびの〜び書けるのだが。


うちのごく近所の古い家に老夫婦が住んでいて、リフォームをするからしばらく留守にするし工事でうるさくてごめんなさい、と去っていった。

そうしたらなんと工事ではなく解体が始まった。ものすごいのんびりペースで、十五分に一回くらいお茶したりおやつを食べたりしながらこつこつやっている。

最終的に細い細い柱だけが残り、あとは全部なくなった。

これをリフォームと呼んでいいのか？　というと、柱を残したらたとえ解体でもリフォームであり、新築よりも節税になるという。

　それにしても遅かった。抜いたままの屋根の下で床をゆっくり張るから床板が雨でじめじめと湿り、大丈夫かいな？　と私はいつも思っていた。

　元は建築に携わっていたタクシーの運転手さんが、

「すっごい現場だね、ありゃ」

　と言ったので、くわしく聞いてみたが、やはりあらゆる意味で心配な感じだった。

　一カ月で終わるはずの工事は三カ月かかった。

　それもそうだろうと思う。あんなに休んでたら。

　そしてその三カ月はうちの庭に回り込まないとガスのメーターが確認できなかったり、うちの庭先に入って座り、お弁当をのびのび食べている人がいたりで、まるで昭和！

　そういうのは全然許せるんだけど、最終的に適当に継ぎ足したとしか思えない軒みたいなところから、雨が降るとうちにブシャーと水が降ってくることがその時点でわかり（その時点でわかるなよ）、急きょ庇《ひさし》をつけたら、なんと庇がうちの敷地まであと三センチ！

　行き当たりばったり、適当である。

　このエッセイによく出てくるドライバーのはっちゃんがそれを見て、

「これは一級建築士がいない現場の特徴的なできごとである」と言った。

リフォーム会社だから一級建築士がいないわけで、まあ、しかたないのだろう。

とにかくその人たちが、

「あっ、この柱やっぱ足りなかった」

「十五センチかあ、じゃあこれで継ぎ足そう」

などと言っているのが毎日聞こえてくる。

それでもなんとか家は完成した。予定よりも二カ月遅れて……。

その間、あの老夫婦はどこに住んでいたのか、それほど親しくないから私は全く知らない。

しかし、そのコストを考えるともしかしたら節税とは言えなかったのではないかと思う。

一カ月の予定が「思いの外、家が傷んでいたので」かなんかで三カ月になっても、裁判を起こす人はまずいないだろう。

工事している人たちとは毎日顔を合わせていたが、ルーズだという以外はとても良い人たちだった。

だれも悪くないというか、だれもが悪いというか。

老夫婦が戻ってきて挨拶にいらしたとき、私はつい、

「ええと……多くは語りませんけれども、もしも、どこか不具合が出た場合はですね、もしかしたらですけれども、別の会社にお願いしたほうが時間がかからないような気がします」

と言ってしまった。おじいちゃんが「もう疲れました」と答えたのが印象的であった。

　この未曽有のヘンテコ時代、どうやって生き抜いていけばいいのか、身が引き締まる思いである。

文庫版あとがき

この間、父の実家の近く、堀切という街に行った。駅前のいくつかのチェーン店とシャッター街になりつつある古い商店街以外、そしてアジアの人たちがたくさん住んでいること以外、ほとんどなにも当時と変わっていなかった。

私はそこで昔の空気を吸った。人の生活があり、雑多で、少し荒れて見えるけれど実は安心できるその感じは、心の中にだけ生きていたあの頃の平和な人生そのものだった。

ずいぶん遠くまで来てしまったなあ、と私は思った。こんなに東京が変わってしまうなんて思ってもいなかったし。おじいちゃんおばあちゃんが言うようなそんなことを言うようになる年齢になってきているし。

だいたいの家にピンポンを鳴らす習慣はなく、大声で呼ぶだけで人が出てきて、何時くらいにはどの人が家にいるかみんなが知っていて、「誰々ちゃん？　さっき文房具屋さんにいたよ」などとすぐ消息がわかった頃。

退屈したら、なんのためらいもなくとなりのおばちゃんのところにおやつを食べに行けた頃。街が私たちを勝手に育ててくれた頃を、覚えていよう。

私が住み始めた頃の下北沢南口商店街には、まだお米屋さんとお肉屋さんと八百屋さんがあった。そういうお店がひとつひとつなくなっていくのを、この十三年くらい、じっと見ていた。

お店ってこんなに簡単になくなったり、ちょっと改装してまた別のお店になったりするんだっけ、とその速さに衝撃を受けてばかりの今日この頃。個人のお店はもう地主でもないかぎり、むつかしい時代。これからのそんな時代にしっくりなじんでいくのか、ある程度レトロに生きていくのか迷ってはいるけれど、人間が人間であることには変わりないので、どうであろうと楽しくいられると思う。

この本は、下北沢に場所は変われど今もある書店B&Bで販売していた小さな本のシリーズをまとめたもので、私と下北沢についてのエピソードが切なくつまっている。

またいつかこういう本を作れたらなと願っている。もちろんこれは、あなたの街のあなたのお話でもあります。

文庫になって長く読まれるといいなと思っていますので、読んでくださったみなさん、ありがとうございます。

そして文庫にしてくださった幻冬舎の担当の石原正康さん、壷井円さん、ありがとうございます。

今は活気で三軒茶屋にすっかり負けている下北だけれど、またいいほうに変化していくといいなと、住み続けながら楽しんでいきます。

２０１８年冬　吉本ばなな

この作品は二〇一六年九月小社より刊行されたものです。

下《しも》北《きた》沢《ざわ》について

吉《よし》本《もと》ばなな

平成31年2月10日　初版発行

発行人——石原正康
編集人——袖山満一子
発行所——株式会社幻冬舎
〒151-0051東京都渋谷区千駄ヶ谷4-9-7
電話　03(5411)6222(営業)
　　　03(5411)6211(編集)
振替00120-8-767643
印刷・製本—中央精版印刷株式会社
装丁者——高橋雅之

幻冬舎文庫

ISBN978-4-344-42840-9　C0195　よ-2-29

幻冬舎ホームページアドレス　http://www.gentosha.co.jp/
この本に関するご意見・ご感想をメールでお寄せいただく場合は、
comment@gentosha.co.jpまで。